古今常用词律

昆山 编著

中国书籍出版社
China Book Press

序 言

诗词者,古往今来,为吾国文坛之璀璨明珠也。然词与诗比,概因其句子结构灵活多变,易于充分表达人们感情之跌宕起伏,且更具音乐性。千百年来一直闪烁着夺目光辉,尤其有诸多名篇佳句脍炙人口,千古传唱,供人们从中吸取无穷无尽之文化营养,读之实乃至上之艺术享受也。

古之人,喜将其消闲趣乐,付诸品位高低,分之为三:一曰琴棋书画,二曰花鸟虫鱼,三曰声色犬马;诗词固然每每融合其中,其实则远高于其上也。诗言志,古人视诗词之为立言之要,非为娱乐之事。诗词者,出人之心腑真情,且其言语文字历经精细锤炼,言近旨远,饱含哲理,往往寥寥数语,款款深情,便让听者刻骨铭心,受到启迪。优秀词作能百代流传,其感染力无尽无穷也。忆昔日岳飞之作《满江红》,气吞山河,声震霄汉,曾感动几代国人。自南宋至今,八百余年,每当国家危难之际,自有诸多热血仁人志士,吟着它慷慨奋起,投笔从戎,勇赴沙场,为国征战。涌现无数可歌可泣之事,其影响深远也。更有 1945 年,事当中国命运前途大决择之前夜，即重庆谈判之际，毛泽东一首《沁园春·雪》发布之日，传遍重庆山城，传颂全国。令诸多年来，国民党对毛泽东种种诋毁之词，顷刻间风卷云散。毛泽东之文人政治家、诗人政治家形象，于国统区知识分子心中，得以认知和确立。正因此《沁园春》"沁"入人们心田肺腑，感动诸多中外人士，终使他们看清国、共领导人之风度、本色；决定了其后之政治走向，促使他们弃暗投明，加速了中国革命进程。

发掘古代文坛宝藏，使古为今用，为改革开放后历代领导人之不变方针。习近平同志更是典范，他不仅自己动笔书写许多诗词，其对国内外人士讲话，亦常引用古代名篇佳句，言简意赅，说服力之强，皆为世人所称道。

诗词之国，乃广阔之天地也，人在其中，恰如进入华胥梦境，持一支无私无畏之笔，便可挥洒自如，纵横驰骋、恣意书写美妙之理想天地，勾画美丽之人间画图；颂扬、鞭挞人世善恶；其乐无穷也。

如今中华祖国已洗刷百年耻辱，正奔腾于一日千里之复兴途中，引领着世界进步潮流，全世界之眼全盯着吾文明古国，吾人有幸生长于斯，自该感到无比之骄傲与幸福。望祖国之年轻、年老诗词界朋友，一齐拿起笔来，借诗词之瑰宝，为迎接这伟大时代之降临，而纵情地歌唱。不亦乐乎！

昆山先生系余同窗好友吴映明之父也。自幼喜爱诗词，今已年逾八十，耄耋之季，儿孙满堂，本该当归南窗，作舒畅怡老，安享天年；然他依旧不停地耕耘，醉心于词作。数年前已出过《昆山诗稿》、《填词初步》、《昆山诗词歌曲》等，而今又颇费精力于编写此《古今常用词律》，实则是愿在词坛上为后来者抛砖引玉，并加土填石、辅设通道也。忆吾等世纪创业之初，其曾在一《临江仙》作品中写过："余红当化烛，照尔摘天狼"，盖如今其正在践行其诺乎。

曾毓群
2017年秋于宁德

昆山新著引

有幸最早读到昆山学兄新著《古今常用词律》，欣喜之余，想起多年前读过的《昆山诗稿》、《填词初步》，感慨诸多！

吴兄幼承家训，仁和合众，喜览群书，素钟文学，尤爱诗词。数载同窗，感觉颇深。1950年秋，在校同学投笔从征，同在宁德参加土改，历史充满戏剧性，阴差阳错令吴兄留任宁德。这一留，六十六年功成业就，儿孙满堂，儿辈业绩卓著，事业发达。可谓"铸剑南疆谋梓业，宁川丽水玉珠圆"。更堪称道的是：吴兄不做南窗怡老，专攻词作，其作品旗帜鲜明，莫不以国之忧为忧，民之乐为乐。正所谓"骚坛佳作弘国粹，和韵言情墨友尊。韵通哲理风雅颂，鉴古振今励后人"。其佳作连连，收益盈盈。现为鹤鸣诗社顾问，福建省诗词学会会员，中华诗词学会会员。……堪称同窗之佼佼者。

幸承吴兄厚爱，嘱我为新著写序引，自感此非我力能所及之事，但又感兄命难违，特制《石州慢》一首，以为此书作引也：

穆水汤汤，桃熟李盈，华苑芳溢。文坛之秀初阳，誉冠同窗书室。丹心一片,坎途历尽霜寒,山河尽入无私笔。壮志自成蹊,汇成《昆山集》。

欢怿。相思红豆,织锦成裘,敲金戛璧。功墨声扬,牵动梓人心魄。词坛荟萃,鹤鸣诗众联吟,宁空每问春箫笛。暮岁范词林,仰昆翁才轶。

谨此献与昆山兄以表敬慕之情!

王 政
2017 年 8 月于韩阳

前　言

　　中国自古诗词并称,然而诗和词还是有很大不同。

　　首先,从内容来看,"诗言志",诗大多表现诗人的忧国忧民和志向抱负;"词言情",在发展的前期,词大多描绘男欢女爱、离愁别绪。苏东坡创立豪放派之后,词才扩大了意境,使词从花前月下走向了广阔的社会生活,突破了律诗字数的限制,使家国情怀表达得更为具体细腻。

　　其次,诗和词虽都和音乐密切相关,但词和音乐的关系更加密切一些。每首词都有一个词牌,词牌的名称一般和词的内容无关,而和词的格律有关。词人为了表明词意,常在词牌下面另加题目。甚至还写上一段小序。如毛泽东主席的《沁园春·雪》,词牌是"沁园春",而词中写的既不是沁园,也不是春景,词牌"沁园春"规定的只是句式、平仄和字数。而内容则由题目"雪"来决定。实际上,一个词牌可以说就相当于一个曲谱的名称,有多少词牌就有多少曲谱。因为古代的词相当于现代的歌词,词是拿来吟唱而不是朗诵的。有的词牌音乐比较高亢激昂,如《满江红》;有的词牌音乐比较缠绵悱恻，如《雨霖铃》。因此，古代词人在选词牌方面是有一定规律的，往往根据词中表现的思想感情选择词牌。当然，现在由于词几乎完全脱离了音乐，因此，在词牌方面也就没有那么严格了。

和写格律诗一样，写词也是要遵守一定的格律。除了各词牌要求句式长短，字数不同外，声韵的规定特别严格，用字要分平仄，每个词牌的平仄都有所规定，各不相同。

词的格式和格律诗的格式不同：格律诗只有十六种基本格式，而词则总共有上千个词牌，也就意味着有上千种格式。有时候几个格式（变体）合用一个词牌；有时候，因为各家叫名不同，同一个格式又有几个词牌名称。词的字数相差甚远，常用的词牌如十六字令，只有16个字；多则如沁园春114字，莺啼序240字。

词又称"诗余"，可见词在历史上受重视程度远不如诗。由于词在表达内心世界方面更为细腻，所以近年来，有不少诗词爱好者对词表现出浓厚的兴趣。但由于词在格律方面比诗更为复杂，这就给初学者带来一定的难度，使之望而生畏。

针对初学者面临的困难，吴培昆老师编辑了这本《古今常用词律》。其中列举了常用的150个词牌。不仅列出格律，每个词牌还列出一至两首古代词家的代表作。不仅如此，为了让今天的初学者更好地体会"旧瓶装新酒"的创作方法，每个词牌也列出一首近现代词家和吴老师自己的创作，这是十分难能可贵的。因为初学者用古人作品学诗词，往往会落入古人的窠臼。特别是表现细腻感情的词，更容易出现无病呻吟、老气横秋、颓废消极的毛病。吴老作品的一个特点是联系实际，与时并进。虽耄耋之年，却毫无暮气，依然壮心不已。这和毛泽东主席用词来表现革命斗争、风云变幻和戎马生涯，抒发革命的浪漫主义、乐观精神和壮志豪情一脉相承。《古今常用词律》的出版，无疑是为当代年轻的初学者提供了一个入门的捷径。

我与吴老师相识多年，他为人谦逊、勤奋好学，不但会熟练使用电脑，还会谱曲。他经常把自己的作品谱上曲吟唱。虽然年过八旬，创作热情依然很高。其作品既有歌颂社会主义建设成就之作，也有针砭时弊之篇。这种老当益壮的精神很值得我学习。

陈银珠

敬写于一泓斋

2018 年 2 月 11 日

凡 例

一、本编所收词律，基本参照《钦定词谱》（中国书店 2009.10 影印本），同时参考《唐宋词格律》等有关书籍加以核对、调整、补充。（例如钗头凤，《钦定词谱》中无此律，是依《唐宋词格律》加上的）。

二、本编所选词律均系规模在 40 字以上的小令和中、长调词律。40 字以下的小令未列入。词调的选择则以格律宽松（可平可仄字句分布合理），且为历代词家常用者为先。

三、本词律编排次序，参照历来词家习惯以字数划分：40—59 字为小令，60—90 字为中调，90 字以上为长调。

四、本编所列格律声调符号为：○表平声，●表仄声，⊙表本应平声、允许用仄，◎表本应仄声、允许用平，△表平声韵，▲表仄声韵。

五、本编所选基本上都是双调词律，即每首词中分上、下两阕。只个别长调有三、四阕。

六、每首格律都附刊一至二首古代作者词例；（多选古今广泛流传，且为读者所熟知的词例）。同时为便于读者对照理解，大部份词例都刊上一二首近代（清代或近现代）作者和本人所创作词例，供参阅。

七、本编所收诸格律，以标准作品之字数多寡为先后排序。

八、许多词律在不同历史时期，常有多种名称，本编亦尽量列出，以供参照。

九、一些仄韵中、长调，曾有古代词家改作平韵的，本编亦另附列于后。

十、本编采用规范简体汉字字形排录，所加新式标点符号，基本按照韵脚处用句号"。"、断句处用逗号"，"、顿读处用顿号"、"来标注。对一句中同时出现的多处押韵，以句号或逗号标注，依词意来定。同时也依情适当使用分号"；"、问号"？"和叹号"！"。

十一、一些句式中常出现顿读更易，例如：9字句由5、4改作4、5或3、6，11字句由5、6更作6、5或4、7等。7，8，10等字句亦常见此例，只要平仄无异，字数相等，依古代惯例，是允许的。

十二、本编格律与本人前作《填词初步》基本相同，个别有差异之处以本编为准。

目 录

前 序

序　言……………………………………曾毓群 1
昆山新著引………………………………王　政 4
前　言……………………………………陈银珠 6
凡　例……………………………………………9

小令（40—59字）

一、生查子（40）……………………………3
二、醉公子（40）……………………………4
三、昭君怨（40）……………………………5
四、点绛唇（41）……………………………6
五、女冠子（41）……………………………7
六、醉花间（41）……………………………8
七、浣溪沙（42）……………………………9
八、霜天晓角（43）…………………………10

九、清商怨（43）	11
一〇、巫山一段云（44）	12
一一、采桑子（44）	13
一二、卜算子（44）	14
一三、后庭花（44）	15
一四、诉衷情令（44）	16
一五、菩萨蛮（44）	17
一六、减字木兰花（44）	18
一七、谒金门（45）	19
一八、好事近（45）	20
一九、柳含烟（45）	21
二〇、更漏子（46）	22
二一、忆秦娥（46）	23
附：秦楼月（平韵）（46）	24
二二、清平乐（46）	25
二三、相思引（46）	26
二四、一络索（46）	27
二五、忆少年（46）	28
二六、乌夜啼（47）	29
二七、阮郎归（47）	30
二八、喜迁莺（47）	31
二九、人月圆（48）	32
三〇、眼儿媚（48）	33
三一、朝中措（48）	34
三二、武陵春（48）	35

附：武陵春（二）（49）……………………………35
三三、烛影摇红（48）………………………………36
三四、海棠春（48）…………………………………37
三五、桃源忆故人（48）……………………………38
三六、山花子（48）…………………………………39
三七、忆余杭（48）…………………………………40
三八、画堂春（49）…………………………………41
　　附：画堂春（二）（47）……………………………41
三九、太常引（49）…………………………………42
四〇、河渎神（49）…………………………………43
四一、柳梢青（49）…………………………………44
四二、西江月（50）…………………………………45
四三、少年游（50）…………………………………46
四四、滴滴金（50）…………………………………47
四五、惜分飞（50）…………………………………48
四六、应天长（50）…………………………………49
四七、燕归梁（51）…………………………………50
四八、醉花阴（52）…………………………………51
四九、南歌子（52）…………………………………52
五〇、菊花新（52）…………………………………53
五一、青门引（52）…………………………………53
五二、探春令（52）…………………………………54
五三、迎春乐（52）…………………………………55
五四、浪淘沙（54）…………………………………56
五五、杏花天（54）…………………………………58

五六、河传（55）⋯⋯⋯⋯⋯⋯⋯⋯⋯⋯⋯⋯⋯59

五七、木兰花令（55）⋯⋯⋯⋯⋯⋯⋯⋯⋯⋯60

五八、鹧鸪天（55）⋯⋯⋯⋯⋯⋯⋯⋯⋯⋯⋯60

五九、南乡子（56）⋯⋯⋯⋯⋯⋯⋯⋯⋯⋯⋯61

六〇、鹊桥仙（56）⋯⋯⋯⋯⋯⋯⋯⋯⋯⋯⋯62

六一、虞美人（56）⋯⋯⋯⋯⋯⋯⋯⋯⋯⋯⋯63

六二、玉楼春（56）⋯⋯⋯⋯⋯⋯⋯⋯⋯⋯⋯65

六三、夜游宫（57）⋯⋯⋯⋯⋯⋯⋯⋯⋯⋯⋯66

六四、一斛珠（57）⋯⋯⋯⋯⋯⋯⋯⋯⋯⋯⋯67

六五、踏莎行（58）⋯⋯⋯⋯⋯⋯⋯⋯⋯⋯⋯68

六六、小重山（58）⋯⋯⋯⋯⋯⋯⋯⋯⋯⋯⋯69

中调（60—89字）

六七、临江仙（60）⋯⋯⋯⋯⋯⋯⋯⋯⋯⋯⋯73

　　附：临江仙（二）（58）⋯⋯⋯⋯⋯⋯⋯74

六八、蝶恋花（60）⋯⋯⋯⋯⋯⋯⋯⋯⋯⋯⋯75

六九、钗头凤（60）⋯⋯⋯⋯⋯⋯⋯⋯⋯⋯⋯76

　　附：钗头凤（二）（平仄韵错叶）⋯⋯⋯77

七〇、一剪梅（60）⋯⋯⋯⋯⋯⋯⋯⋯⋯⋯⋯78

七一、唐多令（60）⋯⋯⋯⋯⋯⋯⋯⋯⋯⋯⋯79

七二、锦帐春（60）⋯⋯⋯⋯⋯⋯⋯⋯⋯⋯⋯80

七三、破阵子（62）⋯⋯⋯⋯⋯⋯⋯⋯⋯⋯⋯81

七四、苏幕遮（62）⋯⋯⋯⋯⋯⋯⋯⋯⋯⋯⋯82

七五、定风波（62）⋯⋯⋯⋯⋯⋯⋯⋯⋯⋯⋯83

七六、渔家傲（62）……………………85
七七、喝火令（65）……………………86
七八、谢池春（66）……………………87
七九、行香子（66）……………………88
八〇、解佩令（66）……………………89
八一、青玉案（67）……………………91
八二、感皇恩（67）……………………92
八三、天仙子（68）……………………93
八四、凤凰阁（68）……………………94
八五、嬾人娇（68）……………………95
八六、江城子（70）……………………96
八七、连理枝（70）……………………97
八八、千秋岁（71）……………………98
  附：千秋岁引（82）……………………99
八九、粉蝶儿（72）……………………100
九〇、离亭燕（72）……………………101
九一、河满子（74）……………………103
九二、风入松（76）……………………104
九三、御街行（76）……………………105
九四、祝英台近（77）……………………106
九五、一丛花（78）……………………107
九六、红林檎近（79）……………………109
九七、金人捧露盘（79）……………………110
九八、最高楼（81）……………………112
九九、蓦山溪（82）……………………113

一〇〇、洞仙歌（83）……………………………114

长调（90字以上）

一〇一、满江红（93）……………………………119
　附：满江红（二）（平韵）……………………121
一〇二、雪梅香（94）……………………………122
一〇三、水调歌头（95）…………………………123
一〇四、凤凰台上忆吹箫（95）…………………125
一〇五、满庭芳（95）……………………………126
一〇六、汉宫春（96）……………………………128
一〇七、天香（96）………………………………129
一〇八、八声甘州（97）…………………………131
一〇九、长亭怨慢（97）…………………………132
一一〇、醉蓬莱（97）……………………………134
一一一、暗香（97）………………………………135
一一二、扬州慢（98）……………………………137
一一三、琐窗寒（99）……………………………138
一一四、玉蝴蝶慢（99）…………………………140
一一五、声声慢（平韵）（99）…………………141
　附：声声慢（二）（97）………………………143
　附：声声慢（三）（97）………………………144
一一六、燕山亭（99）……………………………145
一一七、高阳台（100）…………………………147
一一八、渡江云（100）…………………………148

一一九、念奴娇（平韵）（100）……150
　附：念奴娇（二）（大江东去）（100）……151
　附：念奴娇（三）（平韵）（100）……152
一二〇、解语花（100）……153
一二一、绛都春（100）……155
一二二、东风第一枝（101）……156
一二三、桂枝香（101）……158
一二四、锦堂春（101）……159
一二五、霓裳中序第一（101）……161
一二六、石州慢（102）……162
一二七、水龙吟（102）……164
一二八、忆旧游（102）……166
一二九、齐天乐（102）……167
一三〇、瑞鹤仙（102）……169
一三一、雨霖铃（103）……170
一三二、永遇乐（104）……172
一三三、拜星月慢（104）……174
一三四、绮罗香（104）……175
一三五、西河（105）……177
一三六、二郎神（105）……179
一三七、解连环（106）……180
一三八、望海潮（107）……182
一三九、青门饮（107）……183
一四〇、一萼红（108）……185
一四一、疏影（110）……187

一四二、沁园春（114）……………………189
一四三、小梅花（114）……………………191
　附：梅花引（57）…………………………193
一四四、摸鱼儿（116）……………………194
一四五、贺新郎（116）……………………196
一四六、兰陵王（130）……………………198
一四七、多丽（139）………………………200
一四八、六州歌头（143）…………………202
一四九、宝鼎现（157）……………………204
一五〇、莺啼序（240）……………………205

附录：词家简介……………………………209

编后记……………………………昆　山 219

小 令

（40—59字）

一、生查子（40）

又名楚云深、梅和柳、晴色入青山等。双调四十字，前后阕各四句，两仄韵。

古代词例：欧阳修《生查子·元夕》
去年元夜时，花市灯如昼。月上柳梢头，人约黄
◎◎◎⊙⊙　◎●◎○▲　◎⊙●○○　◎●○
昏后。　　今年元夜时，月与灯依旧。不见去年人，
○▲　　　◎◎◎⊙⊙　◎●○○▲　⊙●●○○
泪湿春衫袖。
⊙⊙○○▲

近代词例：吴梅《生查子·再登扫叶楼》
石虎啸西风，红叶盈山腹。绀宇隐霜林，结伴登
◎◎◎⊙⊙　◎●○○▲　◎⊙●○○　◎●○
灵谷。　　悟彻画禅天，不食花猪肉。烟雨几南朝，
○▲　　　◎◎◎⊙⊙　⊙●○○▲　⊙●●○○
都在先生目。
▲⊙⊙○○

昆山词例：《生查子·华洲潭》
昔日华洲潭，沙热婵娟笑。一声汽笛鸣，倩影随
风到。　　今过华洲潭，倩影娇声渺。河水自潺潺，
直笑青人老。

二、醉公子（40）

又名四换头，双调四十字，前后阕各四句，两仄韵、两平韵。

古代词例：顾夐

河汉秋云澹，红藕香侵栏。枕倚小山屏，金铺向
⊙◎○⊙▲　⊙◎○⊙▲　◎●○△　⊙○◎
晚扃。　　睡起横波慢，独坐情何限。衰柳数声蝉，
●△　　　◎◎○⊙▲　◎◎○⊙▲　⊙●●○△
魂销似去年。
○○◎●△

现代词例：马叙伦《醉公子》

春去何了草，垂垂杨柳老。门外少游人，游人多
⊙◎○⊙▲　⊙◎○⊙▲　◎●○△　⊙○◎
逐春。　　高楼凭远眺，马嘶人未到。芳草蘸红尘，
●△　　　◎◎○⊙▲　◎◎○⊙▲　⊙●●○△
眼穿疑未真。
○○◎●△

昆山词例：《醉公子·伤秋》

远眺南飞雁，却教云遮断。桐叶已知秋，芙花落
水流。　　风雨萋萋草，坐看池边老。附柳听鸣蝉，
惊魂又一年。

三、昭君怨（40）

又名洛妃怨、宴西园。一痕沙等。双调四十字，前后阕各四句，两仄韵、两平韵。

古代词例：万俟咏
春到南楼雪尽，惊动灯期花信。小雨一番寒，倚
⊙●○○▲　⊙●⊙○▲　◎●●○△　●
阑干。　　莫把阑干频倚，一望几重烟水。何处是京
○△　　◎●○○▲　◎●⊙○▲　⊙●●
华，暮云遮。
△　●○△

近代词例：秋瑾《昭君怨》
恨煞回天无力，只学子规啼血。愁恨感千端，拍
⊙●⊙○◎▲　⊙●⊙○▲　◎●●○△　●
危栏。　　枉把栏干拍遍，难诉一腔幽怨。残雨一声
○△　　◎●○○▲　◎●◎○▲　⊙●●
声，不堪听！
△　●○△

昆山词例：《昭君怨·美拉斯维加斯市枪击事件[①]》
一杆横枪锁定，六百无辜生命。恶指一勾寒，万人潸。　　总统连连换任，何故枪支难禁。为保寡头

[①]美国拉斯维加斯市 2017 年 10 月 1 日晚发生枪击事件，造成 58 人死亡、515 人受伤。

钱，血熏天。

四、点绛唇（41）

又名点樱桃、南浦月、寻瑶草等。双调四十一字，前阕四句三仄韵，后阕五句四仄韵。

古代词例：冯延己
荫绿围红，飞琼家在桃源住。画桥当路，临水开
◎●○○　⊙○○●○○▲　◎○⊙▲　⊙●
朱户。　柳径春深，行到关情处，颦不语。意凭风
○▲　　◎●⊙○　⊙●○○▲　⊙◎▲　○○⊙
絮，吹向郎边去。
▲　⊙●○○▲

近代词例：王国维《点绛唇·屏却相思》
屏却相思，近来知道都无益。不成抛掷，梦里终
◎●○○　⊙○⊙●○○▲　◎○⊙▲　⊙●
相觅。　醒后楼台，与梦俱明灭，西窗白。纷纷凉
○▲　　◎●⊙○　⊙●○○▲　⊙◎▲　◎○⊙
月，一院丁香雪。
▲　⊙●○○▲

昆山词例：《点绛唇·孝妇[①]》
方梦蓝桥，峡云又被乌鸦扫。扶郎晨操，却道姑

[①] 某妇少而其夫年颇长，残疾半瘫，每日扶其晨练，过往者均误道其为孝女。

娘孝？　寻尽天涯，南北东西草，将药找。何时风俏，能把郎吹笑？

五、女冠子（41）

双调四十一字，前阕五句两仄韵、两平韵，后阕四句两平韵。

古代词例：温庭筠
含娇含笑，宿翠残红窈窕。鬓如蝉，寒玉簪秋水，
⊙⊙⊙▲　◎◎⊙○▲　●○△　⊙●○●
轻纱卷碧烟。　雪肌鸾镜里，琪树凤楼前。寄语青
○○●●△　　◎○○●●　⊙●●○△　◎◎
娥伴，早求仙。
⊙●　●○△

近代词例：吴梅《女冠子》
纱橱孤睡，茉莉熏人乍醉。夜微凉，新剥莲蓬子，
⊙⊙⊙▲　◎◎⊙○◎▲　●○△　⊙●○●
还调杏酪汤。　一瓯才进口，千恨又回肠。未有温
○○●●△　　◎○○●●　⊙●●○△　◎◎
柔伴，老何乡。
⊙●　●○△

昆山词例：《女冠子·端午龙舟》
锣鼓声起，红绿万家妯娌。看江边，角黍千秋继，
龙舟百代连。　狠敲秦桧铁，难息屈平冤。无畏丹
青笔，画君颜。

六、醉花间（41）

双调四十一字，前阕五句三仄韵、一迭韵，后阕四句三仄韵。

古代词例：毛文锡

深相忆，莫相忆，相忆情难极。银汉是红墙，一
○○▲　●○▲　○●○○▲　○●●○　◎
带遥相隔。　　金盘珠露滴，两岸榆花白。风摇玉佩
●○○▲　　　○⊙·○▲　◎◎○○▲　○·●◎
轻，今夕为何夕。
○　⊙●○○▲

清初词例：吴绮《醉花间·春闺》

思时候，忆时候，时与春相凑。把酒嘱东风，种
○○▲　●○▲　○●○○▲　○●●○　◎
出双红豆。　　鸦啼门外柳，逐渐教人瘦。花影暗窗
●○○▲　　　⊙·⊙◎▲　◎◎○●▲　○⊙●◎
纱，最怕黄昏又。
○　⊙●○○▲

昆山词例：《醉花间·听琵琶》

情浓唱，意浓唱，情意中天荡。劳尔费相思，浓
隔千千丈。　　塘外蛙鸣柳，花睡无人守。临窗听琵
琶，否自伊芳手？

七、浣溪沙（42）

又名浣溪纱、小庭花、广寒枝、怨啼鹃等。双调四十二字，前阕三句三平韵，后阕三句两平韵。

古代词例：苏轼《浣溪沙》

山下兰芽短浸溪，松间沙路净无泥，潇潇暮雨子
◎●○○●●△　○○○●●○△　◎●◎○
规啼。　　谁道人生无再少？门前流水尚能西，休将
○△　　　◎●○○○●●　○○◎●●○△　◎○
白发唱黄鸡。
⊙●●○△

近代词例：顾随《浣溪纱》

行尽山巅又水涯，依前毡笠与青鞋，可怜全没好
◎●⊙○○●△　◎○◎●●○△　◎○◎●●
情怀。　　晚汐有声随月上，夭桃无力背风开，凭阑
○△　　　⊙●◎○○●●　◎○◎●●○△　◎○
且待燕归来。
⊙●●○△

现代词例：毛泽东《浣溪沙·和柳亚子先生》

长夜难明赤县天，百年魔怪舞翩跹，人民五亿不
◎●⊙○●●△　◎○◎●●○△　⊙○◎●●
团圆。　　一唱雄鸡天下白，万方乐奏有于阗，诗人
○△　　　⊙●○◎○●●　◎◎⊙●●○△　◎○
兴会更无前。
⊙●●○△

昆山词例：《浣溪纱·乔迁①》

彩炮鸣花照夜窗，红装列队扫银行，乔迁吉日众生忙。　　百色来宾临胜宴，万千贺礼醉高堂，谁知工仔苦空囊。

八、霜天晓角（43）

又名月当窗、踏月、长桥月等。双调四十三字，前阕四句三仄韵，后阕五句四仄韵。

古代词例：林逋

冰清霜洁，昨夜梅花发。甚处玉龙三弄，声摇动、
⊙○⊙▲　◎◎◎⊙▲　⊙●◎○⊙●　⊙○●
枝头月。　　梦绝，金兽热，晓寒兰烬灭。更卷珠帘
⊙○▲　　◎●　⊙◎●　⊙○○◎▲　◎●○○
清赏，且莫扫、阶前雪。
⊙●　◎◎●　⊙⊙▲

近代词例：汪东《霜天晓角》

断无消息，家在娄门侧。一色菜花黄处，溪流绕、
⊙○⊙▲　◎◎◎⊙▲　⊙●◎○⊙●　⊙○●
小桥宅。　　月落关塞黑，箭波舟恐失。杜宇劝人归
⊙○▲　　◎●⊙●▲　◎⊙⊙○▲　◎●○○
去，鹧鸪道、行不得。
●　◎◎●　⊙⊙▲

---

①闽东近年新兴一俗，乔迁者妇人常到银行门口燃香鸣炮，并扫一把纸灰放到新居，以示发财。

昆山词例：《霜天晓角·假乞丐》
堂堂壮汉，头缠肢涂炭。坐地唱歌弹曲、为善赐，通街转。　白旦，穿破烂，夜来身大换。出入舞楼酒馆，成大款？把妓唤。

九、清商怨（43）

双调四十三字，前后阕各四句，三仄韵。

古代词例：晏殊
关河愁里望处满，渐素秋向晚。雁过南云，行人
○○○●◎○▲　○●○○▲　●○○○　⊙○
回泪眼。　双鸾衾裯悔展，夜又永、枕孤人远。梦
⊙◎▲　　○○○⊙○▲　●●◎　○⊙⊙▲　●
未成归，梅花闻塞管。
●○○　○○○●▲

近代词例：朱孝臧《清商怨》
琤琤凉叶下似雨。飑岸灯三五。怨动西风，昏鸦
○○○●◎○▲　●○○○▲　●○○○　⊙○
相尔汝。　轻桡芙蓉别浦，阿那边、画桥朱户。禁
⊙◎▲　　○⊙⊙○○▲　●○○　○⊙⊙▲　●
断情尘，攫蓬中夜语。
●○○　○○○●▲

昆山词例：《清商怨·银虹桥畔》
银虹桥畔灯万盏。雨注蓝溪满。不见车还，丽人

添泪眼。　　一缕情丝长伴，到如今，难缠难断。雾暗云低，天明心已乱。

一〇、巫山一段云（44）

又名巫山一片云、金鼎一溪云，双调四十四字，前后阕各四句，三平韵。

古代词例：李珣
古庙依青嶂，行宫枕碧流。水声山色锁妆楼，往
◎●○○　○○●●△　◎◎◉●●○△　◎
事思悠悠。　　云雨朝还暮，烟花春复秋。啼猿何必
●●○△　　◎●○○　○○●●△　◉○○●
近孤舟，行客自多愁。
●○△。◎●●○△

近代词例：周之琦《巫山一段云》
野色侵衣袂，秋痕恼鬓丝。碧云无尽鸟飞迟，心
◎●○○●，○○●●△　◎○◉●●○△　◎
事定谁知。　　忆别空馀梦，言归未有期。斜阳冉冉
●●○△　　◎●●○○　○○●●△　◉○○●
柳依依，长记出门时。
●○△　◎●●○△

昆山词例：《巫山一段云·闲笔》
忙里茶蔬果，闲来花鸟鱼。白云明月伴诗书，相爱莫踌躇。　　屏影王侯将，棋盘马炮车。千年胜负

又何如，荒草祖龙①居。

一一、采桑子（44）

又名丑奴儿、罗敷媚等。双调四十四字，前后阕各四句，三平韵。

古代词例：和凝
蟪蛴领上诃梨子，绣带双垂。椒户闲时，竞学摴
⊙○◎●○○●　◎●○△　⊙●○△　◎●
蒲赌荔枝。　丛头鞋子红编细，裙窣金丝。无事颦
○◎●△　　⊙○⊙●○○●　⊙●○△　⊙●
眉，春思翻教阿母疑。
△　⊙●○○◎●△

近代词例：顾随《采桑子》
一重山作天涯远，君住山前，侬住山间，　山里
⊙○◎●○○●　◎●○△　⊙●○△　◎●
花开山外残。　红楼碧海相思地，卷起珠帘，倚栏
○◎●△⊙　○⊙●○⊙●　●○△⊙　●○
干，又见山前月一弯。
△　⊙●○○◎●△

现代词例：毛泽东《采桑子·重阳》
人生易老天难老，岁岁重阳。今又重阳，战地黄
⊙○◎●○○●　◎●○△　⊙●○△　◎●

---

①祖龙：秦始皇。

花分外香。　　一年一度秋风劲,不似春光。胜似春
○○◎● △　　⊙○○●○● ⊙●○△ ⊙●○
光,寥廓江天万里霜。
△ ⊙●○○◎●△

昆山词例:《采桑子·香烟茶水》
　　香烟茶水公文报,日也蹉跎,月也蹉跎,不记人生有几何?　　灯红酒绿佳娘座,吻尽秋波,醉尽香窝,梦断邯郸入网罗。

一二、卜算子(44)

　　双调四十四字,前后阕各四句,两仄韵。

古代词例:苏轼
　　缺月挂疏桐,漏断人初静。时见幽人独往来,缥
　　◎◎◎⊙○　◎●○○▲　⊙●○○◎● ◎
缈孤鸿影。　　惊起却回头,有恨无人省。拣尽寒枝
●○○▲　　⊙○◎○⊙　◎●○○▲　◎●○○
不肯栖,寂寞沙洲冷。
◎◎⊙　●●○○▲

近代词例:朱孝臧《卜算子》
　　千片恼吴花,接叶莺调语。睡烬明窗一穗烟,梦
　　◎◎◎⊙○　◎●○○▲　⊙●○○◎● ◎
响长廊雨。　　愁着倚栏时,歌断临觞侣。自惜流光
●○○▲　　⊙◎◎○○　◎●○○▲　◎●○○

小令（40—59字）

辗转看，泪湿尔天絮。
◎◎⊙　●●◎○▲

现代词例：毛泽东《卜算子·咏梅》
风雨送春归，飞雪迎春到。已是悬崖百丈冰，犹
◎◎◎◎⊙○　◎●◎○▲　⊙●○◎◎◎⊙　◎
有花枝俏。　俏也不争春，只把春来报。待到山花
●○○▲　　　⊙◎◎○⊙　◎●◎○▲　◎●○○
烂漫时，她在丛中笑。
◎◎⊙　●●◎○▲

昆山词例：《卜算子·中阿①合作》
驼铃越千秋，丝路连山水。远隔天涯如一家，命
运原同体。　双轮驱动行，两翼齐飞起。油核能源
建金台，港铁②龙头启。

一三、后庭花（44）

又名玉树后庭花，双调四十四字，前后阕各四句，四仄韵。

古代词例：毛熙震
轻盈舞妓含芳艳，竞妆新脸。步摇珠翠修娥敛，
⊙○◎●○○▲　●○○▲　◎⊙⊙◎⊙▲
腻鬟云染。歌声慢发开檀点，绣衫斜掩。时将纤手匀
●⊙○▲　⊙○◎●○▲　●○○▲　⊙⊙⊙◎
红脸，笑拈金靥。
⊙▲　●⊙○▲

---

①阿：指阿拉伯国家。②港铁：包括港口铁路。

清初词例：吴绮《玉树后庭花·画寄亭作》
槐根幻出南柯郡，梦凭谁问。　蜂巢燕垒劳安顿，
⊙○◎●○○▲　●○○▲　⊙○◎⊙○▲
暂排春闷。　幽栏曲径花传信，柳疏梧嫩。仙鹤一
●⊙○▲　○◎◎●○○▲　●○○▲　○○⊙
双苔迹印，落些风韵。
◎○⊙▲　●⊙○▲

昆山词例：《后庭花·春晚》
桐花遍地春山俏，蝶闻蜂晓。一路风随啼未了，
不知谁鸟？　生平常恨知音少，地荒天老。闲来无
事翻旧照，又逢伊笑。

一四、诉衷情令（44）

又名诉衷情、渔父家风、一丝风等。双调四十四字，前阕四句三平韵，后阕六句三平韵。

古代词例：陆游
当年万里觅封侯，匹马戍梁州。关河梦断何处，
⊙○◎●●○△　⊙◎◎○△　◎○○⊙●◎
尘暗旧貂裘。　胡未灭，鬓先秋。泪空流。此生谁
⊙●●○△　○●●　●○△　●○△　◎○
料，心在天山，身老沧洲。
●　⊙◎⊙　⊙●○△

近代词例：朱孝臧《诉衷情·七夕，和梦窗》

鸳鞴秋讯有无闲，桦烛掩屏山。琤然露井梧韵，
⊙○◎●●○△　⊙○◎⊙○△　◎○⊙露井○，
惊梦绛河还。　　无别语，拥眠鬟，泪栏干。兰丛风
⊙●●○△　　　○●●　●○△　●○△　◎○○
起，未抵针楼，罗荐新寒。
●　⊙◎○○　⊙●○△

昆山词例：《诉衷情·胡锦涛同志访西柏坡》
先贤百载敌寒流，碧血染神州。如今四海红遍，山野尽琼楼。　　蠹蛀害，腹心忧，早绸缪。继承传统，伟业长存，万代千秋。

一五、菩萨蛮（44）

又名重迭金、子夜歌、花间意等。双调四十四字，前后阕各四句，两仄韵、两平韵。

古代词例　李白

平林漠漠烟如织，寒山一带伤心碧。暝色入高楼，
⊙○⊙●○○▲　⊙○⊙●○○▲　⊙●●○△
有人楼上愁。　　玉阶空伫立，宿鸟归飞急。何处是
◎○○●△　　　◎○○●▲　◎●○○▲　⊙●●
归程，长亭更短亭。
○○　⊙○⊙●△

近代词例：况周颐《菩萨蛮》
五更才得朦胧睡，梦中多少伤心事。残月乱啼乌，
⊙○⊙●○○▲　⊙○◎●○○▲◎●●○△

梦回钟动无。　　鸳衾空复暖，魂共炉烟断。何日是
◎○⊙●△　　　◎○○●▲　◎●⊙○▲　⊙●●
欢期，他生重见时。
○○　⊙○⊙●△

现代词例：毛泽东《菩萨蛮·黄鹤楼》
茫茫九派流中国，沉沉一线穿南北。烟雨莽苍苍，
⊙○●○▲　⊙○○●▲　◎●●○△
龟蛇锁大江。　　黄鹤知何去，剩有游人处。把酒酹
◎○⊙●△　　　◎○○●▲　◎●⊙○▲　⊙●●
滔滔，心潮逐浪高！
○○　⊙○⊙●△

昆山词例：《菩萨蛮·严打》
称兄道弟成群出，横行市井敲鱼肉。天道被沾污，
罪难罄竹书。　　九州民怨沸，莫听妖魔哭。擒贼尽
擒王，扫清万里航。

一六、减字木兰花（44）

又名减兰、木兰香、天下乐令等。双调四十四字，前后阕各四句，两仄韵、两平韵。

古代词例：欧阳修
歌檀敛袂，缭绕雕梁尘暗起。柔润清圆，百啭明
⊙○◎▲　⊙⊙⊙○●▲　⊙●○△　◎●
珠一线穿。　　樱唇玉齿，天上仙音心下事。留住行
○○●△　　　⊙○○▲　⊙●⊙○●▲　⊙●

云，满座迷魂酒半醺。
△　◎●○○◎●△

近代词例：况周颐《减字木兰花》
风狂雨横，未必城南芳信准。说起前游，梦绕青
⊙○◎▲　⊙●○○◎●▲　⊙●○○　◎●○
篷一叶舟。　　花枝纵好，载酒情怀都倦了。柳外湖
○○●△　　⊙○◎▲　⊙●○○◎●▲　⊙●○
边，付与鸳鸯付与蝉。
△　◎●○○◎●△

现代词例：毛泽东《减字木兰花·广昌路上》
漫天皆白，雪里行军情更迫。头上高山，风卷红
⊙○◎▲　●●○○○●▲　⊙●○△　◎●○
旗过大关。　　此行何去？赣江风雪迷漫处。命令昨
○◎●△　　⊙○◎▲　⊙●○●●●▲　⊙●○
颁，十万工农下吉安。
△　◎●○○●●△

昆山词例：《减字木兰花·台风后登山》
昨宵风吼，佛阁神宫安在否？天近黎明，莺唱山
门将我迎。　　山阴弯处，落叶残枝堆满路。攀上峰
台，蜂蝶纷纷跟后来。

一七、谒金门（45）

又名空相忆、出塞、春早湖山等。双调四十五字，前后阕各四句，四仄韵。

古代词例：韦庄

空相忆，无计得传消息。天上嫦娥人不识，寄书
⊙⊙▲　⊙●◎○⊙▲　⊙●⊙○○●▲　◎⊙
何处觅。　新睡觉来无力，不忍看伊书迹。满院落
○◎▲　　⊙●◎○⊙▲　◎●○○⊙▲　◎●
花春寂寂，断肠芳草碧。
○○●▲　◎⊙○○▲

近代词例：郑文焯《谒金门》

行不得！飐地衰杨愁折。霜裂马声寒特特，雁飞
⊙⊙▲　⊙●◎○⊙▲　⊙●⊙○○●▲　◎⊙
关月黑。　目断浮云西北，不忍思君颜色。昨日主
○◎▲　　⊙●◎○⊙▲　◎●○○⊙▲　◎●
人今日客，青山非故国。
○○●▲　◎⊙○○▲

昆山词例：《谒金门·西施妹》

西施妹，多少市氓陶醉？舞店似家家似寄，不知
辰与未？　相友谈钱论势，相爱暮三朝四。他日金
龟①连玉佩，好将家仆②易。

一八、好事近（45）

又名钓船笛，双调四十五字，前后阕各四句，两仄韵。

古代词例：宋祁

---

①金龟：李商隐诗"无端嫁得金龟婿……"。②家仆：指丈夫。

小令（40—59字）

睡起玉屏风，吹去乱红犹落。天气骤生轻暖，衬
◎●●○　○●●○○▲　⊙●◎○○●　●
沉香帷箔。　　珠帘约住海棠风，愁拖两眉角。昨夜
⊙○⊙▲　　⊙○◎●●○○　⊙○◎○▲　◎●
一庭明月，冷秋千红索。
◎○⊙●　●⊙○⊙▲

近代词例：邓廷桢《好事近》
云母小窗虚，窗滤金波疑湿。摇曳柳烟如梦，荡
◎●●○○　⊙●◎○○▲　⊙●◎○⊙●　●
一丝寒碧。　　天涯犹有未归人，遥夜耿相忆。料得
⊙○⊙▲　　⊙○◎●◎○○　⊙○◎○▲　◎●
平沙孤艇，听征鸿嘹呖。
◎○⊙●　●⊙○⊙▲

昆山词例：《好事近·西沉月》
钩月正西沉，惊走华胥将息。村屋群鸡连唱，似
是催晨急。　　人过八十复何求，头上无常迫。当把
沧桑画卷，付于来者笔。

一九、柳含烟（45）

双调四十五字，前阕五句三平韵，后阕四句两仄韵、两平韵。

古代词例：毛文锡
河桥柳，占芳春，映水含烟拂露，几回攀折赠行
⊙○●　●○△　◎⊙○○●●　◎●●●●○

人，暗伤神。　　乐府吹为横笛曲，能使离肠断续，
△　　●○△　　　●●⊙○○●▲　　⊙●⊙○○▲
不如移植在金门。近天恩。
◎○⊙●●○△　　●○△

　　清初词例：吴绮《柳含烟·咏柳》
　　江南路，柳丝垂。都少齐梁旧事，玉蛾金茧只霏
　　⊙○●　●○△　◎●⊙○○●　◎○⊙●●
霏。挂斜晖。　　眼眼眉眉都是恨。人去灵和莫问，
△　●○△　　　●●⊙○○●▲　⊙●⊙○○◎▲
谁堪眠起对红闺。晚风吹。
◎○⊙●●○△　　●○△

　　昆山词例：《柳含烟·休假日》
　　逢休假，约登山。各带棋牌棋子，青藤石上战三
盘，白云闲。　　小屋人吹横笛曲，隔座燃灯点烛。
归来已是满星天，听鸣蝉。

二〇、更漏子（45）

　　双调四十六字，前阕六句两仄韵、两平韵，后阕六句三仄韵、两平韵。

　　古代词例：温庭筠
　　玉炉香，红烛泪，偏照画堂秋思。眉翠薄，鬓云
　　◎⊙○　⊙◎▲　⊙●○○▲　⊙◎●　●○
残，夜长衾枕寒。　　梧桐树，三更雨，不道离情正
△　◎○○●△　　　○○▲　⊙⊙▲　◎●○○

苦。一叶叶，一声声，空阶滴到明。
▲　◎◎●　●○△　◎◎●○△

近代词例：秋瑾《更漏子·冬》
起严霜，悲画阁，寒气冷侵重幕。炉火艳，酒杯
◎⊙▲　⊙◎▲　⊙●◎◎▲　⊙◎●　●◎
干，金貂笑倚栏。　　云漠漠，风瑟瑟，飘尽玉阶琼
△　◎◎⊙●△　　⊙◎▲　⊙◎▲　◎●⊙◎
屑。疏蕊放，暗香来，窗前开早梅。
▲　◎◎●　●○△　⊙◎◎●△

昆山词例：《更漏子·湖山春思》
柳丝长，桃蕾吐，芳溢晨岚夜露。莺燕返，水蛙
鸣，湖山塔景青。　　路桥平，楼宇布，花满豪商巨
富。忙贵客，宴高宾，几时酒梦醒？

二一、忆秦娥（46）

又名秦楼月、蓬莱阁、碧云深等。双调四十六字，前后阕各五句，三仄韵，一迭韵。

古代词例：李白
箫声咽，秦娥梦断秦楼月。秦楼月，年年柳色，
⊙⊙▲　⊙◎◎●⊙▲　○○▲　⊙⊙◎◎
灞陵伤别。　　乐游原上清秋节，咸阳古道音尘绝。
◎⊙○▲　　◎○⊙●⊙○▲　⊙○●●○▲
音尘绝，西风残照，汉家陵阙。
○○▲　⊙○◎●　◎⊙○▲

近代词例：唐圭璋《忆秦娥·怀中敏栖霞》

西风咽。梦魂长绕栖霞月。栖霞月，万人如海，
⊙⊙▲　⊙○◎●○○▲　○○▲　⊙⊙◎◎
一人愁绝。　关山直北劳吟睫，眼前红叶心头血。
◎⊙○▲　◎○○●⊙○▲　⊙○◎●○○▲
心头血，悲歌慷慨，唾壶敲缺。
○○▲　⊙○⊙●　◎⊙○▲

现代词例：毛泽东《忆秦娥·娄山关》

西风烈，长空雁叫霜晨月。霜晨月，马蹄声碎，
⊙⊙▲　⊙○◎●○○▲　○○▲　⊙⊙◎◎
喇叭声咽。　雄关漫道真如铁，而今迈步从头越。
◎⊙○▲　◎○◎●⊙○▲　⊙○◎●○○▲
从头越，苍山如海，残阳如血。
○○▲　⊙○⊙●　◎⊙○▲

昆山词例：《忆秦娥·仲秋节》

仲秋节，年年迎唱西江月。西江月，无穷思念，
海空天阔。　故人东去音尘绝，多情每遇阳关雪。
阳关雪，梦残魂断，更堪谁说。

附：忆秦娥（平韵）(46)

双调四十六字，前后阕各五句，三平韵、一迭韵。

古代词例：贺铸

晓朦胧,前溪百鸟啼匆匆。啼匆匆,凌波人去,
◎○△　○○◎●○○△　◎○△　⊙○○●
拜月楼空。　　去年今日东门东,鲜妆辉影桃花红。
◎●○△　　◎○◎●○○●　○○◎●○○△
桃花红,吹开吹落,一任东风。
○○△　⊙○○●　◎●○△

昆山词例:《忆秦娥(平韵格)·红梅花》
听琵琶,风寒别墅红梅花。红梅花,红楼梦断,
尔落谁家。　　雪融冰解千芳华,莺回燕返人天涯。
人天涯,生离死别,一念之差。

二二、清平乐（46）

又名清平乐令、忆萝月、醉东风等。双调四十六字,前阕四句四仄韵,后阕四句三平韵。

古代词例：李白
禁闱清夜,月探金窗罅。玉帐鸳鸯喷兰麝,时落
◎○⊙▲　◎●○○▲　◎●○○○●▲　⊙●
银灯香炧。　　女伴莫话孤眠,六宫罗绮三千。一笑
⊙○⊙▲　　◎●●●○○　◎◎◎●○△　◎●
皆生百媚,宸游教在谁边。
⊙○◎●　⊙○⊙●○△

近代词例：黄燮清《清平乐·早梅》
暗香疏影,影在香中冷。小店花前人不省,翠羽
◎⊙⊙▲　◎●○○▲　◎●⊙○○●▲　⊙●

夜深来听。　　露华洗染春痕，等闲湿了钗裙。除却
⊙○⊙▲　　◎⊙◎●○△　◎⊙⊙●⊙△　◎●
罗浮梦里，谁家有此黄昏。
⊙○◎●　⊙⊙⊙●○△

现代词例：毛泽东《清平乐·蒋桂战争》
　风云突变，军阀重开战。洒向人间都是怨，一枕
　◎○⊙▲　◎●○○▲　◎●⊙○○○▲　⊙●
黄粱再现。　　红旗跃过汀江，直下龙岩上杭。收拾
⊙○⊙▲　　◎○◎●○△　◎●○○●△　◎●
金瓯一片，分田分地真忙。
⊙○◎●　⊙⊙⊙●○△

昆山词例：《清平乐·诗协随感》
　新桃陈李，尽沐东君水。锦絮腾空千万里，伸与
霓虹攀美。　　华堂白叟黄鸡，纷纷案举眉齐。玉笛
铜琶同奏，花娇月醉云迷。

二三、相思引（46）

双调46字，前阕四句三平韵，后阕四句二平韵。

古代词例：袁去华
　晓鉴胭脂拂紫绵，未讫梳掠鬓云偏。日高人静，
　◎●○○◎●△　◎○⊙●●○△　◎○⊙●
沉水袅残烟。　　春老菖蒲花未着，路长鱼雁信难传。
⊙●●○△　　◎○⊙⊙○●●　◎◎⊙●●○△

无端风絮，飞到绣床边。
⊙○⊙●　⊙●●○△

近代词例：黄咏雩《相思引·一九四二年》
叶底阴晴蝶未知，春明苒苒梦中移。残红飞尽，
◎●○○◎●△　○○●●●○△　◎○○●
还抱旧花枝。　故国江山妖蜃气，高楼风雨乱鸦啼。
⊙●●○△　　⊙●○○○●●　◎○○●●○△
荒凉天地，不见古人归。
⊙○⊙●　⊙●●○△

昆山词例：《相思引·红幅①条条》
红幅条条耀眼招，无缘工仔正心焦。飙升楼市，
每把爱巢烧。　岳母门前羞涩口，五年比翼路迢迢。
倾囊倒尽，难唤鹊生桥。

二四、一络索（46）

又名洛阳春、玉连环、一落索等。双调四十六字，前后阕各四句，三仄韵。

古代词例：毛滂
月下花前风畔，此情不浅。欲留风月守花枝，却
◎◎◎⊙●　⊙○○▲　●⊙●●○○　◎
不道、而今远。　墙外鹭飞沙晚，烟斜雨短。青山
◎●　○○▲　　⊙●●○⊙▲　⊙○◎▲　⊙○

---
①红幅：开发商卖房长条招贴。

只管一重重,向东下、遮人眼。
◎●●○○　◎⊙●　○○▲

近代词例:王鹏运《一落索》
记得日湖新句,无情嘲雨。敲篷今夜不成眠,才
◎◎⊙●▲　○○⊙▲　●○○●●○　◎
省识、清吟苦。　淅淅潇潇如诉,欲停难住。邻舟
●●　○○▲　　⊙●⊙●○▲　○◎◎▲　○○
定有剪灯人,还似我、销魂否?
◎●○○　◎⊙●　○○▲

昆山词例:《一络索·全球航天探索大会》
古有嫦娥奔月,星河传说。鹊桥牛女话千年,今
始见,蟾宫物。　探宇面临新热,辉煌一页。但期
今世有心人,同携手、开天阙。

二五、忆少年(46)

双调四十六字,前阕五句两仄韵,后阕四句三仄韵。

古代词例:晁补之
无穷官柳,无情画舸,无根行客。南山尚相送,
⊙○⊙●　⊙○◎●　⊙○○▲　○○●⊙●
只高城人隔。　罨画园林溪绀碧,算重来、尽成陈
●⊙○○▲　　●●○○○●▲　◎⊙○　●○○
迹。刘郎鬓如此,况桃花颜色。
▲　○○●⊙●　●○○○▲

小令（40—59字）

清初词例：朱彝尊《忆少年·飞花时节》

飞花时节，垂杨巷陌，东风庭院。重帘尚如昔，
⊙○⊙●　⊙○◎●　⊙○⊙▲　⊙○●⊙●
但窥帘人远。　叶底歌莺梁上燕，一声声、伴人幽
●⊙○○▲　●●⊙○○▲　◎⊙⊙　●⊙○
怨。相思了无益，悔当初相见。
▲　⊙○●⊙●　●⊙○⊙▲

昆山词例：《忆少年·遇蛇》

晨湖赏景，跟前猛见，蛇追蛙路。青蛙急蹦跳，黑蛇差几步。　吐舌龇牙真可恶，拣巨石，直朝蛇肚。蛇逃蛙亦躲，各自回家去。

二六、乌夜啼（47）

双调四十七字，前后阕各四句，两平韵。

古代词例：李煜

昨夜风兼雨，帘帏飒飒秋声。烛残漏断频欹枕，
●●○○●　⊙○◎●○△　◎◎●●○○●
起坐不能平。　世事漫随流水，算来一梦浮生。醉
◎●●○△　◎●●○○⊙　◎○●●○△　◎
乡路稳宜频到，此外不堪行。
○◎●○○●　◎●●○△

现代词例：马叙伦《乌夜啼·题徐仲可丈令女书画遗墨》

一卷彤芬丽制,过庭曾写新词。残山剩水南朝恨,
●●○●●● ⊙○●●△ ◎○○○●●
都付画图知。　　最是仙云事杳,陈王有泪如丝。斜
◎●●○△　　◎●●○⊙ ○○●○△ ◎
阳立尽西风瘦,肠断对卷葹。
○◎●●○○● ○◎●●○△

昆山词例:《乌夜啼·星光下》
独步星光路,伴随促织秋鸣。　绵绵十载梨花梦,
何事不能醒。　　鄙弃锦衣玉食,远离虎斗狼争。景
阳钟院重重锁,了却画眉情。

二七、阮郎归(47)

又名碧桃春、醉桃源、濯缨曲等。双调四十七字,前阕四
句四平韵,后阕五句四平韵。

古代词例:李煜
东风吹水日衔山,春来长自闲。落花狼藉酒阑珊,
⊙○○●●○△ ○○⊙●△ ○○⊙●●○△
笙歌醉梦间。　　春睡觉,晚妆残,无人整翠鬟。留
⊙○●●△　　○◎● ●○△ ○○●●△ ⊙
连光景惜朱颜,黄昏独倚阑。
○○●●○△ ○○●◎△

近代词例:朱孝臧《阮郎归》
夜窗书眼怯开帷,灯花收焰时。五更寒月不相随,
⊙○⊙●●○△ ⊙○○●△ ◎○⊙●●○△

上廊林影迟。　　青史事，碧山栖，蹉跎双鬓丝。十
⊙○○●△　　　⊙◎●　●○△　⊙○◎●△　⊙
年心事入支颐，雁声将梦飞。
○○●●○△　⊙○◎●△

昆山词例：《阮郎归·饮岚餐露》

饮岚餐露听鸣虫，东山日已红。桃花流水钓鱼翁，讴歌兴正浓。　　云迭迭，燕匆匆。关河路几重？蓝桥长夜意朦胧，鸡鸣无影踪。

二八、喜迁莺（47）

又名鹤冲天、万年枝、燕归梁、燕归来等。双调四十七字，前阕五句四平韵，后阕五句两仄韵、两平韵。

古代词例：韦庄

街鼓动，禁城开，天上探人回。凤衔金榜出云来，
⊙◎●　●○△　⊙●○△　◎○○●●○△
平地一声雷。　　莺已迁，龙已化，一夜满城车马。
○●●○△　　　⊙◎○　○◎▲　◎○○●○▲
家家楼上簇神仙，争看鹤冲天。
⊙○○●●○△　⊙○●⊙△

近代词例：王国维《喜迁莺》

秋雨霁，晚烟拖，宫阙与云摩。片云流月入明河，
⊙●●　●○△　⊙●○△　◎○○●●○△
鸂鶒散金波。　　宜春院，披香殿，雾里梧桐一片。
○●●○△　　　◎○○　○◎▲　◎○●○○▲

华灯簇处动笙歌，复道属车过。
⊙○⊙●●○△　⊙◎●⊙△

昆山词例：《喜迁莺·烂尾楼》①

鸟声息，彩灯煌，幅画见高墙。门残户破草芳芳，庄主在何方？　歌舞穷，筵席冻，疑是一场春梦。名人花落宝珠黄，铁窗锁凤凰。

二九、人月圆（48）

又名青衫湿。双调四十八字，前阕五句两平韵，后阕六句两平韵。

古代词例：王诜

小桃枝上春来早，初试薄罗衣。年年此夜，华灯
◎○○⊙●　⊙●●○△　◎○○●　○○
竞处，人月圆时。　禁街箫鼓，寒轻夜永，纤手同
◎●　⊙●○△　◎○○●　◎○◎●　⊙●○
携。夜阑人静，千门笑语，声在帘帏。
△　◎○○●　○○◎●　○●○△

近代词例：王国维《人月圆》

天公应自嫌寥落，随意着幽花。月中霜里，数枝
◎○○●○○●　⊙●●○△　◎○○●　○○
临水，水底横斜。　萧然四顾，疏林远渚，寂寞天
◎●　⊙●○△　◎○○●　○○◎●　⊙●○

---

①下阕第一行第三字，古有作仄音者。

涯。一声鹤唳，殷勤唤起，大地清华。
△　◎○○●　　○○◎●　　⊙●○△

昆山词例：《人月圆·除夕》
白云远向寒山绕，何处是琼瑶？年年此夜，华灯盛照，人间蓝桥。　　千家万户，焚香点炮，欢聚良宵。广寒宫里，嫦娥应悔，寂寞难消。

三〇、眼儿媚（48）

又名秋波媚、东风寒等。双调四十八字，前阕五句三平韵，后阕五句两平韵。

古代词例：左誉
楼上黄昏杏花寒，斜月小阑干。一双燕子，两行
○●○○●○△　　⊙●●○△　　◎●◎●　　◎○
归雁，画角声残。　　绮窗人在东风里，洒泪对春闲。
⊙●　画角声残。△　　◎●◎○○●●　　◎●●○△
也应似旧，盈盈秋水，淡淡青山。
◎○◎●　⊙○○●　◎●○△

近代词例：朱孝臧《眼儿媚》
雨声迥润[①]故衣篝，得酒病怀休。舞红消尽，西
⊙○◎●　●○△　　⊙●●○△　　◎○◎●　◎
风还送，叶叶心头。　　行云不受秋拘管，将梦上空
○⊙●　◎●○△　　◎◎⊙○○●●　　◎●●○

[①]首句前四字有作⊙○◎●的，朱词用此。

楼。夜凉双雁，分明说与，天路闲愁。
△　◎○○●　⊙○⊙●　◎●○△

昆山词例：《眼儿媚·某翁》

某翁耄耋鬓丝垂，还似少年时。肩挑重担，爬山越岭，疾步如飞。　攀门访老谈身术，皱脸起童嬉。粗茶淡饭，良心莫负，名利休迷。

三一、朝中措（48）

又名照江梅、芙蓉曲、梅月圆等。双调四十八字，前阕四句三平韵，后阕五句两平韵。

古代词例：欧阳修

平山阑槛倚晴空，山色有无中。手种堂前垂柳，
⊙○⊙●●○△　⊙●●○△　◎○⊙○⊙●
别来几度春风。　文章太守，挥毫万字，一饮千钟。
◎○●●○△　　⊙○⊙●　⊙○⊙●　⊙●○△
行乐直须年少，尊前看取衰翁。
⊙●◎○⊙●　◎○◎●○△

现代词例：叶剑英《朝中措·鹿回头》

海滩拾贝趁朝霞，风卷浪堆沙。境到登山临水，
⊙○⊙●●○△　⊙●●○△　◎○⊙○⊙●
伊人望望天涯。　椰浆消渴，咖啡醒目，南岛韶华。
◎○●●○△　　⊙○⊙●　⊙○⊙●　◎○○△
撷得一枝红豆，思量寄与谁家。
⊙●⊙○⊙●　⊙○⊙●○△

昆山词例：《朝中措·苦命女》

当年涕泪说风云，无语自怜君。心比高天帝子，命如薄纸晴雯。　一挥弹指，星移斗换，眼角生纹。未见花红果熟，依然苦苦耕耘。

三二、武陵春（48）

又名武林春。双调48字，前后阕各四句三平韵。

古代词例：毛滂

风过冰檐环佩响，宿雾在华茵。剩落瑶花衬月明，
⊙●⊙〇〇●●　◎●●〇△　◎●〇〇●●△
嫌怕有纤尘。　凤口衔灯金炫转，人醉觉寒轻。但
⊙●●〇△　◎◎⊙〇⊙●●　⊙●●〇△　◎
得清光解照人，不负五更春。
●〇〇●●△　◎◎●〇△

昆山词例：《武陵春·嫁豪门》

二九姑娘遐迩闻，矢志嫁豪门。逢假王孙一笑醺，热恋献闺贞。　水尽山穷狰狞露，方醒梦中人。财失心憭恨莫泯，更痛百年身。

附：武陵春（二）（49）

又一体。双调49字，前后阕各四句三平韵。

古代词例：李清照

风住尘香花已尽，日晚倦梳头。物是人非事事休，
⊙●⊙〇〇●●　◎●●〇△　◎●〇〇●●△

欲语泪先流。　　闻说双溪春尚好，也拟泛轻舟。只
⊙●●○△　　　◎◎⊙◎●　⊙●●○△　◎
恐双溪舴艋舟，载不动、许多愁。
●○○●●△　◎●●　●○△

昆山词例：《武陵春·金风》
　　喜得金风添玉露，蝉寂听吹箫。曾拥云屏无限娇，月白怕秋宵。　　遍野芙蓉芳渐去，黄叶任飘摇。应悔扬帆竟折腰，错过了、丽人桥。

三三、烛影摇红（48）

　　又名忆故人、归去曲等。双调四十八字，前阕四句两仄韵，后阕五句三仄韵。

古代词例：毛滂
　　老景萧条，送君归去添凄断。赠君明月满前溪，
　◎●○○　●○○●○▲　◎○⊙●○○
直到西湖畔。　　门掩绿苔应遍，为黄花、频开醉眼。
◎●○○▲　　⊙●◎○○▲　⊙○○　⊙○●▲
橘奴无恙，蝶子相迎，寒窗日短。
◎○○●　●●○○　⊙○●▲

近代词例：张尔田《烛影摇红·晚春连雨感怀》（双调）
　　轻暖轻寒，谢巢愁损双栖燕。东风只解绊杨花，
　◎●○○　●○○●○▲　◎○●●●○○

往事和天远。　　半镜流红浥遍，荡愁心、伤春倦眼。
◎●○○▲　　⊙●◎○⊙▲　●⊙●　⊙○◎▲
数峰窥户，约略残罍，一眉新怨。
◎○⊙●　●◎○⊙　⊙○◎▲

寥落空尊，少年曾预西园宴。流光销尽雨声中，
◎●○○　●○◎●○⊙▲　◎○⊙●●○
此恨凭谁遣？　　容易林禽又变，绿尘飞，蔷薇弄晚。
◎●○○▲　　⊙●◎○⊙▲　●⊙●　⊙○◎▲
恹恹睡起，澹日花梢，无人庭院。
◎○⊙●　●◎○⊙　⊙○◎▲

昆山词例：《烛影摇红·老屋新颜》
老屋修颜，门墙还印当年乱。亲朋云集似儿时，只是音容换。　　西去哀鸿啼燕。问知否、黄芳开晚？升天神鬼，几家财盈，几家寿短。

三四、海棠春（48）

双调四十八字，前后阕各四句，三仄韵。。

古代词例：秦观
流莺窗外啼声巧，睡未足、把人惊觉。翠被晓寒
⊙○⊙●○○▲　　◎●●　◎○○▲　●●●○
轻，宝篆沉烟袅。　　宿醒未解宫娥报，道别院、笙
○　◎○○▲　　　●○●●○○▲　●●●　○
歌宴早。试问海棠花，昨夜开多少。
○●▲　●●●○○　●●○○▲

清初词例：吴绮《海棠春·晓妆》

卖花声入红楼响，看檐角、霞销珠网。扶倦启香
⊙○⊙●○○▲　◎◎●　◎○⊙▲　◎●●○
奁，一镜柔情漾。　　郁金梳掠同心样，拼一只、金
○　◎●○○▲　　　●○○○○○▲　●○●　○
鸾给赏。好极转生疑，更把帘旌敞。
○●▲　●●●○○　●●○○▲

近代词例：顾太清《海棠春·海棠》

扶头怯怯娇如滴，照银烛、千金一刻。叶补翠云
⊙○⊙●○○▲　◎◎●　○○⊙▲　◎●●○
裘，花缀胭脂色。　　华清浴罢疑无力，更生受、东
○　◎●○○▲　　　●○○●○○▲　●○●　○
君护惜。亭北牡丹花，试问谁倾国？
○●▲　●●●○○　●●○○▲

昆山词例：《海棠春·金砖合作》

十年磨剑精诚载，志何限、穷山距海。独木不成
林，合作江河改。　　金砖五国风光盖，比增长、同
超世界。"失色"①杂音穷，浴火真金在。

三五、桃源忆故人（48）

又名虞美人影、醉桃园等。双调四十八字，前后阕各四句，四仄韵。

---

①某些国外媒体蔑称金砖国家经济发展已"失色"。

古代词例：欧阳修

梅梢弄粉香犹嫩，欲寄江南春信。别后愁肠萦损，
⊙○◎●○○▲　◎●⊙○⊙●▲　◎●⊙○⊙●▲
说与伊争稳。　　小炉独守寒灰烬，忍泪低头画尽。
◎●○○▲　　　◎○○●○○▲　◎●⊙○⊙●▲
眉上万重新恨，竟日无人问。
⊙●●○○⊙▲　◎◎○○▲

近代词例：高旭《桃源忆故人·和无闷韵即答》

斜阳影里伤心赋，默数痴天无语。泪湿暮云春树，
⊙○◎●○○▲　◎●⊙○⊙●▲　◎●⊙○⊙●▲
重认分携处。　　东风无赖添愁绪，零落乱红难数。
◎●○○▲　　　◎○○●○○▲　◎●⊙○◎●▲
落时犹自争飞舞，青鸟休衔去。
⊙●○●○⊙▲◎　◎●○○▲

昆山词例：《桃源忆故人·夜长横枕》

夜长横枕银钩月，静听杜鹃啼咽。回首不堪一页，
噩梦频频发。　　少时曾奉神仙佛，也信天明地察。
遭尽妖魔蛇蝎，方醒乾坤缺。

三六、山花子（48）

又名摊破浣溪沙，添字浣溪沙，感恩多令等。双调四十八字，前阕四句三平韵，后阕四句两平韵。

古代词例：李璟

菡萏香销翠叶残，西风愁起绿波间。还与韶光共
◎●○○●●△　◎○⊙●●○△　⊙○⊙○◎
憔悴，不堪看。　细雨梦回难塞远，小楼吹彻玉笙
⊙●　●○△　　　◎●◎○○●●　◎○⊙●●○
寒。多少泪珠何限恨，倚阑干。
△　⊙●◎○○●●　●○△

近代词例：王鹏运《山花子》
天外冥鸿不可招，十年心迹负团瓢。老境苍寒谁
◎●○○●●△　⊙○⊙●●○△　⊙●◎○○
慰藉，月轮高。　懒到冬山惟耐睡，愁呼浊酒等闲
⊙●　●○△　　　◎●◎○○●●　◎○⊙●●○
浇。赖有梅梢春信逗，两三椒。
△　⊙●◎○○●●　●○△

昆山词例：《山花子·夏日游园》
北岸楼台火烤廊，南园桥下水成汤。日丽风和春
已去，又空忙。　善舞魁雄多挂杖，曾经娇媚尽敷
霜。逝者如斯灯走马，熟黄粱？

三七、忆余杭（48）

双调四十八字，前阕四句两平韵，后阕四句两仄韵、两平韵。

古代词例：潘阆
长忆西湖，尽日凭阑楼上望，三三两两钓鱼舟，
○●○○　◎●○○○●●　⊙○◎●●○△

岛屿正清秋。　　笛声依约芦花里,白鸟数行惊起。
◎●●○△　　　●○○●○○▲　●●●○○▲
别来闲想整鱼竿,思入水云寒
●○⊙●●○△　◎●●○△

昆山词例:《忆余杭·无题》
何处仙乡?荒草年年生恨长。白云犹自往蓬村,难慰昔时魂。　　有情还是无情水,忘了落花桃李。醒来怕看旧容颜,心与照双寒。

三八、画堂春(48)

双调四十九字,前阕四句四平韵,后阕四句三平韵。

古代词例:黄庭坚
摩围小隐枕蛮江,蛛丝闲锁晴窗。水风山影上修
◎○⊙●●○△　◎○○●○△　●○○●●○
廊,不到晚来凉。　　相伴蝶穿花迳,独飞鸥舞溪光。
△　⊙●●○△　　　◎●○○●●　⊙○○●○△
不因送客下绳床,添火炷炉香。
◎○⊙●●○△　◎●●○△

附:画堂春(二)(47)

双调四十七字,前阕四句四平韵,后阕四句三平韵。

古代词例二：秦观①

落红铺径水平池，弄晴小雨霏霏。杏园憔悴杜鹃
◎○⊙●●○△　◎○◎●●○△　●○○●●○
啼，无奈春归。　　柳外画楼独上，凭阑手捻花枝。
△　⊙●○△　　◎●◎○◎●　⊙○◎●○△
放花无语对斜晖，此恨谁知。
◎○⊙●●○△　◎●○△

清初词例：纳兰性德②

一生一代一双人，争教两处销魂。相思相望不相
◎○⊙●●○△　◎○◎●●○△　●○○●●○
亲，天为谁春？　　浆向蓝桥易乞，药成碧海难奔。
△　⊙●○△　　◎◎◎○◎●　⊙○◎●○△
若容相访饮牛津，相对忘贫。
◎○⊙●●○△　◎●○△

昆山词例：《画堂春·南岭寺前白花》

春归南岭绿梧桐，飞花白满山中。寺前新笋挤衰
松，谁主替更钟？　　筵席歌终人去，繁华梦境随风。
但期他日普天同，愿作过桥笫。

三九、太常引（49）

又名太清引、腊前梅等。双调四十九字，前阕四句四平韵，后阕五句三平韵。

---

①②秦观词上下阕尾句各减一字，纳兰性德词亦是。

古代词例：辛弃疾

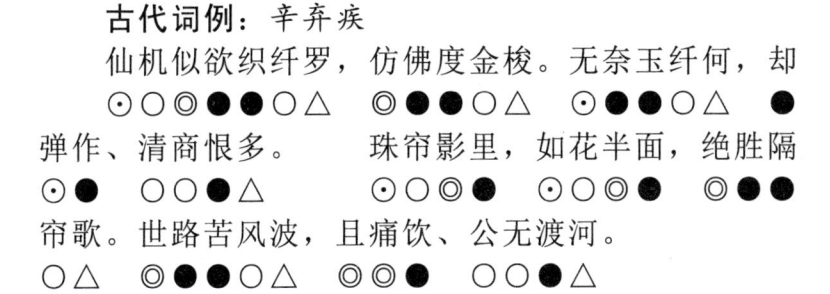

仙机似欲织纤罗，仿佛度金梭。无奈玉纤何，却
⊙○◎●●○△　◎●●○△　⊙●●○△　●
弹作、清商恨多。　　珠帘影里，如花半面，绝胜隔
⊙●　○○●△　　⊙○○●　⊙○○●　◎●●
帘歌。世路苦风波，且痛饮、公无渡河。
○△　◎●●○△　◎◎●　○○●△

近代词例：吴梅《太常引·戴文节公太常仙蝶画卷》

铢衣蜕去艳留痕，上苑早生尘。栩栩画中身，料
⊙○◎●●○△　◎●●○△　⊙●●○△　●
多见、容台旧人。　　修门草满，青陵路远，何处觅
⊙●　○○●△　　⊙○○●　⊙○○●　◎●●
残春。故事话成均，记前度、花朝令辰。
○△　◎●●○△　◎◎●　○○●△

昆山词例：《太常引·淘金》

南游十载盼淘金，千里入礁林，搏浪任浮沉。觅玉杵，朝追暮寻。　　高楼连拔，霓虹载道，金客满琼琳。工仔自寒心，梦依旧，空床薄衾。

四〇、河渎神（49）

双调四十九字，前阕四句四平韵，后阕四句四仄韵。

古代词例：温庭筠

河上望丛祠，庙前春雨来时。楚山无限鸟飞迟，
⊙●●○△　◎⊙○◎⊙△　◎○⊙●●○△
兰棹空伤别离。　　何处杜鹃啼不歇，艳红开尽如血。
⊙◎⊙◎⊙△　　⊙◎◎○⊙●▲　◎○⊙●⊙▲
蝉鬓美人愁绝，百花芳草佳节。
⊙●◎○⊙▲　◎○○●○▲

近代词例：朱孝臧《河渎神》

烛树蜡烟微，花袍白马来时。天吴移海绿尘飞，
⊙●●○△　◎⊙○◎⊙△　◎○⊙●●○△
日夕灵风满旗。　　湿雾冥冥斑竹院，野鸦如阵回旋。
⊙◎⊙○⊙△　　⊙◎○○⊙●▲　◎○⊙●○▲
帝子不归秋晚，单衾沉梦铜辇。
⊙●◎○⊙▲　◎○○●○▲

昆山词例：《河渎神·北岸秋宵》

林静草萧萧，霓虹北岸秋宵。银丝霜发挽蓝桥，
共舞黄花舜尧。　　高屋危楼横笛吹，丽人歌尽已醉。
明月清风湖水，一群鸥鹭惊起。

四一、柳梢青（49）

又名云淡秋空、早春怨、陇头月等。双调四十九字，前阕六句三平韵，后阕五句三平韵。

古代词例：秦观

岸草平沙，吴王故苑，柳袅烟斜。雨后寒轻，风
◎●○△　⊙○○●　●●○△　●●○○　⊙

小令（40—59字） 45

前香细，春在梨花。　　行人一棹天涯，酒醒处、残
○⊙●　⊙●○△　　　⊙○◎●○△　◎○●　○
阳乱鸦。门外秋千，墙头红粉，深院谁家。
○●△　⊙●○○　⊙○⊙●　⊙●○△

近代词例：吕碧城《柳梢青》
　　人影帘遮，香残灯炧，雨细风斜。门掩春寒，云
　　◎●○△　○○⊙●　⊙●○△　○●○○　⊙
迷小梦，睡损梨花。　　且消锦样年华，更莫问、天
○○●　⊙●○△　　　⊙○⊙●○○　◎◎●　○
涯天涯。孔雀徘徊，杜鹃归去，我已无家。
○⊙△　⊙●○○　⊙○⊙●　⊙●○△

昆山词例：《柳梢青·渔家郎》
　　白鹤仙乡，青鸾故梓，百里湖洋。杨柳新堤，桃
花旧巷，几度沧桑。　　千帆竞渡茫茫，螺鸣返、鱼
虾满仓。红粉娇装，有谁还爱。渔仔儿郎。

四二、西江月（50）

又名江月令、白苹香、步虚词等。双调五十字，前后阕各四句，两平韵、一叶韵。

古代词例：柳永
　　凤额绣帘高卷，兽环朱户频摇。两竿红日上花梢，
　　◎●◎○⊙●　◎○⊙●○△　◎○⊙●●○△
春睡恹恹难觉。　　好梦狂随飞絮，闲愁浓胜香醪。
⊙●⊙○⊙▲　　　◎●◎○⊙●　⊙○⊙●○△

不成雨暮与云朝，又是韶光过了。
◎○○●●○△　◎●⊙○◎▲

近代词例：沈善宝《西江月·络纬娘》
听尔丝缫五夜，令人毂转三更。可怜镜子织难成。
◎●○○●　⊙○○●○△　⊙○●●●○△
金井阑边露冷。　亦有机声轧轧，何须灯火莹莹。
⊙●○○●▲　◎●○○●●　⊙○○●○△
梦回明月半窗横。一片梧桐疏影。
◎○○●●○△　◎●⊙○◎▲

昆山词例：《西江月·天女衣》
万水鱼沉雁落，千山月闭花羞，若非天女下神州，谁把娇妆织绣。　尽阅八闽春色，乘风四海遨游，腾龙舞凤应无俦，休问虫禽鸟兽。

四三、少年游

又名玉腊梅枝、小阑干。双调五十字，前阕五句三平韵，后阕五句两平韵。

古代词例：晏殊
芙蓉花发去年枝，双燕欲归飞。兰堂风软，金炉
⊙○○●●○△　⊙●●○△　⊙○◎◎　⊙○
香暖，新曲动帘帷。　家人并上千春寿，深意满琼
⊙●　◎●●○△　⊙○◎◎○○●　⊙●●
卮。绿鬓朱颜，道家装束，长似少年时。
△　◎◎⊙○　●○⊙●　⊙●●○△

近代词例：汪东《少年游》

流红一片溯宫沟。春事已成休。约鬟钗鸾，随身
⊙○⊙●●○△　⊙●●○△　⊙⊙⊙◎　⊙○
筝雁，同上十三楼。　　离痕又入青青草，何处滞行
⊙●　○●●○△　　⊙●⊙◎◎○●　⊙●●○
舟。桃叶新阴，梨花幽梦，都付两眉愁。
△　◎◎⊙○　●○⊙●　⊙●●○△

昆山词例：《少年游·昔日歌女》

斜阳桥畔见疯婆，衣烂背腰驼。儿童玩笑，行人白眼，掩鼻自旁过。　　楼台昔日弦歌里，花钿满香罗。岁月无情，梦残魂断，风雨洗南柯。

四四、滴滴金（50）

双调五十字，前后阕各四句，三仄韵。

古代词例：李遵勖

帝城五夜宴游歇，残灯外、看残月。都来犹在醉
◎○◎●●○▲　⊙○◎　●○▲　⊙◎◎●
乡中，听更漏初彻。　　行乐已成闲话说，如春梦、
⊙○　●◎○○▲　　⊙◎◎○○●▲　◎○◎
觉时节。大家同约探春行，问甚花先发。
●○▲　◎⊙○○●○○　●◎○○▲

昆山词例：《滴滴金·中哈丝绸带》

中哈倡议丝绸带，经年四，绚光彩。开放包容好

平台。共赢风流载。　世界复苏难题摆。调整慢，若深海。两家添翅正腾飞，跃进新时代。

四五、惜分飞（50）

又名惜芳菲、惜双双等。双调五十字，前后阕各四句，四仄韵。

古代词例：毛滂
泪湿阑干花着露，愁到眉峰碧聚。此恨平分取，
◎●⊙○○▲　⊙●⊙○○▲　◎●○○▲
更无言语空相觑。　断雨残云无意绪，寂寞朝朝暮
●○⊙●○○▲　◎◎⊙○○▲　◎●○⊙
暮。今夜山深处，断魂分付潮回去。
▲　⊙●○○▲　●○⊙●○▲

近代词例：周之琦《惜分飞》
烟外游丝风里絮，几日分飞又聚。西笑长安路，
◎●⊙○○◎▲　⊙●⊙○○▲　◎●○○▲
故人杳隔云深处。　乐事潘舆天付与，还向枫香唤
●○○●○○▲　◎◎⊙○○▲　◎●⊙○○
渡。今夜舒城住，梦魂已过江南去。
▲　⊙●○○▲　●○⊙●○○▲

昆山词例：《惜分飞·夜寂更长》
夜寂更长花睡去，牵挂朝朝暮暮。为尔伤心处，不知何举能安抚。　轻信豪门青春赌，失足恨成千古，前去崎岖路，峡深崖险多狼虎。

四六、应天长（50）

双调五十字，前后阕各五句，四仄韵。

古代词例： 韦庄
绿槐阴里黄鹂语，深院无人春昼午。画帘垂，金
◎⊙⊙◎○⊙▲　⊙●⊙○○●▲　◎○⊙　⊙
凤舞，寂寞绣屏香一炷。　　碧天云，无定处，空有
◎▲　◎●◎○○●▲　　　●○○　○●▲　⊙●
梦魂来去。夜夜绿窗风雨，断肠君信否。
◎○○▲　◎●◎○⊙▲　◎⊙⊙●▲

清初词例： 吴绮《应天长·春思》
杨花一片飞如雪，鹦鹉睡残花底月。梦还惊，心
◎⊙⊙◎○○▲　⊙●⊙○○●▲　◎○⊙　⊙
转怯，鼠弄金荷灯穗折。　　意中愁，眉上结，瘦比
◎▲　◎●◎○○●▲　　　●○○　○●▲　⊙●
前春较别。记取绣罗裙褶，又宽双蛱蝶。
◎○○▲　◎●◎○●▲　◎○⊙●▲

昆山词例：《应天长·脱贫攻坚战》
三年要把穷根斩，华夏奇人推重担。力攻坚，勤
探勘，巧找良方新拐点。　　树雄心，修虎胆，敢越
悬崖天堑。四海五洲震撼，贫夫齐笑脸。

四七、燕归梁（51）

双调五十一字，前阕四句四平韵，后阕五句三平韵。

古代词例： 晏殊
双燕归飞绕画堂，似留恋虹梁。清风明月好时光，
⊙●○○●●△　◎◎●○△　○○◎●●○△
更何况、绮筵张。　　云衫侍女，频倾桂醑，加意动
◎○●　●○△　　　○○◎●　○○◎●　⊙●●
笙簧。人人心在玉炉香，逢佳会、祝延长。
○△　○○◎●●○△　⊙○●　●○△

清初词例： 吴绮《燕归梁·乌衣巷》[1]
古巷闲来暗自伤。不待斜阳。当时人物总寻常。
⊙●○○●●△　◎●○△　○○◎●●○△
更休笑，燕儿忙。　　翩翩裘马来何处，总非是，旧
◎⊙●　●○△　　　⊙○◎●○◎◎　●⊙●　●
儿郎。一般花草上欢场。别自有，好华堂。
○△　⊙○○⊙●○△　⊙⊙●　●○△

昆山词例： 《燕归梁·向世界介绍中国发展道路》
百国精英集一堂，商讨共荣纲。文明多样益兴邦，
须扶弱、莫纵强。　　丛林法则，应当掘弃，携手择
良方。传承华夏万花香，开新世、创辉煌。

---

①上阕第二句原7、5，改为7、4，少一字。下阕首三句原4、4、5结构，改为7、3、3，其它平仄都一样。

四八、醉花阴（52）

双调五十二字，前后阕各五句，三仄韵。

古代词例：毛滂
檀板一声莺起速，山影穿疏木。人在翠阴中，欲
⊙◎◎⊙◎◎▲　⊙◎◎⊙▲　⊙●●⊙○　◎
觅残春，春在屏风曲。　　劝君对客杯须覆，灯照瀛
●○○　⊙●○○▲　　●⊙●●○○▲　⊙●○
洲绿。西去玉堂深，魄冷魂清，独引金莲烛。
○▲　⊙●●○○　◎●○○　◎●○○▲

近代词例：王鹏运《醉花阴》
卧听清吟销篆缕，抵得红箫否。香挹素馨微，方
⊙◎◎⊙◎◎▲　⊙●○○▲　⊙●●○○　◎
觑疏帘，不辨凉生处。　　老懒心情浑漫与，剩订花
●○○　⊙●○○▲　　●⊙●●○○▲　⊙●○
闲谱。学道未应妨，笑问维摩，可是朝华误。
○▲　⊙●●○○　◎●○○　◎●○○▲

昆山词例：《醉花阴·浪荡客》
半辈沉迷花与柳，不顾身颜丑。大梦锁秦楼，暗
度陈仓，只忌河东吼。　　黄花还有几番酒？钞票
来相守。寒夜朔风狂，露水鸳鸯，欢乐知多久？

四九、南歌子（52）

又名南柯子、望秦川、风蝶令等。双调五十二字，前后阕各四句三平韵。

古代词例：毛熙震

惹恨还添恨，牵肠即断肠。凝情不语一枝芳。独
◎◯◯⊙● 　◯◯◯●△ 　⊙◯◯●●◯△ 　◎
映画帘闲立、绣衣香。　　暗想为云女，应怜傅粉郎。
●◎◯⊙● 　●◯△ 　　　◎●◯◯● 　◯◯●●△
晚来轻步出闺房。髻慢钗横无力、纵猖狂。
◎◯⊙●●◯△ 　◎●◯⊙⊙● 　●◯△

近代词例：顾随《南歌子》

倦续黄粱梦，闲倾碧玉杯，醒来还是旧情怀。爱
◎◯◯⊙● 　◯◯◯●△ 　⊙◯◎●●◯△ 　◎
看斜阳沉在、碧山隈。　　浪软温柔海，灯明上下街。
●◎◯⊙● 　●◯△ 　　　◎●◯◯● 　◯◯●●△
中原却被夜深埋。那更秋风秋雨、逐人来。
◎◯⊙●●◯△ 　◎⊙◯⊙● 　●◯△

昆山词例：《南歌子·春日忆故人》

邂逅桃符日，身囚迷惘中。春寒料峭雨蒙蒙，悲见船迟又遇打头风。　　尴尬人生路，烟花几度红？三更灯火五更钟，岸绿莺回镜里、雪霜浓。

五〇、菊花新（52）

双调五十二字，前后阕各四句，三仄韵。

古代词例：张先

堕髻慵妆来日暮，家在柳桥堤下住。衣缓绛绡垂，
●●○○○●▲　⊙●◎○○◎▲○●○○

琼树袅、一枝红雾。　　院深池静花相妒，粉墙低、
○○●　◎⊙○▲　　◎○◎○○⊙▲　○○⊙

乐声时度。长恐舞筵空，轻化作、彩云飞去。
◎○○▲　⊙○◎○○　⊙○◎　●○○▲

清初词例：纳兰性德《菊花新·送张见阳令江华》

愁绝行人天易暮，行向鹧鸪声里住。渺渺洞庭波，
●●○○○●▲　○⊙◎○○●▲　○●◎○○

木叶下，楚天何处。　　折残杨柳应无数，趁离亭、
○○●　◎⊙○▲　　◎○⊙◎○○▲　◎○○

笛声吹度。有几个征鸿，相伴也，送君南去。
◎○○▲　⊙○◎○○　⊙○◎　●○○▲

昆山词例：《菊花新·官僚主义》

脱众离群高在上。唯我独尊自膨胀。行事若无钱，
门难进，铁面难访。拍胸表态豪气爽，乱铺摊、害民
伤党。摇屁股溜之，却留下，一窝糊帐。

五一、青门引（52）

双调五十二字，前阕五句三仄韵，后阕四句三仄韵。

古代词例：张先

乍暖还轻冷，风雨晚来方定。庭轩寂寞近清明，
●●○○▲　○●●○▲　○○●●○○
残花中酒，又是去年病。　楼头画角风吹醒，入夜
⊙○◎●　●●○○▲　　○○●●○○▲　●●
重门静。那堪更被明月，隔墙送过秋千影。
○○▲　●○●●○○　●○●●○○▲

近代词例：詹安泰《青门引》

雁外风呼紧，吹碎十年心影。缄将红泪寄桃花，
●●○○▲　○●●○▲　○○●●○○
春魂醉了，后约教谁订。　眉棱薄有相思印，梦觉
⊙○◎●　●●○○▲　　○○●●○○▲　●●
千山冷。柳桥片月犹媚笑，人始怪、流莺警。
○○▲　●○●●○○　○●▲　○○▲

昆山词例：《青门引·无题》

昨夜蛩声渺，风雨下何时了？堂前紫荆晚来芳，迎枝跳跃，竟是黑衣鸟。　霜蒙雪染无烦恼，醉看池边草。此心但托明月，愿为答卷诗书老。

五二、探春令（52）

双调五十二字，前后阕各四句，三仄韵。

古代词例：晏几道

绿杨枝上晓莺啼，报融和天气。被数声、吹入纱
◎○○⊙●○○　●○○⊙▲　●○○　⊙●○

小令（40—59字）

窗里，又惊起、娇娥睡。　　绿云斜軃金钗坠，惹芳
○▲　●⊙●　⊙○▲　　◎○⊙●○○▲　●⊙
心如醉。为少年、湿了鲛绡帕，上都是、相思泪。
⊙⊙▲　●◎○　●●○○●　●●●　⊙○▲

清初词例：吴绮《探春令·次上若红桥春泛》①
年年芳草似裙腰，见兴亡无数。倩垂杨、留得黄
◎○⊙●◎○○　●○○⊙▲　●◎○　⊙●○
莺住。正歌吹、扬州路。　　兰舟醉读参军赋，向芜
○▲　●⊙●　⊙○▲　　◎○⊙●○○▲　●⊙
城东去。看雁齿桥边，倚栏人在，莫认红楼误。
⊙⊙▲　●●●◎○　⊙●○●　⊙○○▲

昆山词例：《探春令·乌兰牧骑队员喜接习近平回信》
云天为幕地为台，演文明新戏。六十年、跋涉风
霜里，把欢乐、传戈壁。　　欣闻领袖深情意，信回
惊喜泪。愿毕生、献给乌兰牧，昔无怨、今无悔。

五三、迎春乐（52）

双调五十二字，前阕四句四仄韵，后阕四句三仄韵。

古代词例：柳永

---

①末两句原 3、5、3、3，改为 5、4、5，字数相同，平仄略异。

近来憔悴人惊怪，为别后、相思煞。我前生、负
◎◎⊙●○○▲　◎◎◎　⊙○▲　●○○　●
你愁烦债，便苦恁、难开解。　　良夜永、牵情无奈，
●○○▲　◎●●　○○▲　　　⊙○●　○⊙⊙▲
锦被里、余香犹在。怎得依前灯下，恣意怜娇态。
◎●●　⊙○○▲　●●○○●●　●●○○▲

清初词例：吴绮《迎春乐·灯夜》①
东风着意催弦管，先送与、梅花暖。参军岁岁逢
◎◎⊙●○○▲　◎◎◎　⊙○▲　●○●●
春懒，怎耐得、看灯眼。　　无赖是、玉轮高碾，都
○▲　◎●●　○○▲　　　⊙●●　⊙○⊙▲　◎
照向、红楼人面。一个扬州杜牧，早为迷香软。
◎●　⊙○○▲　●●○○●●　●○○○▲

昆山词例：《迎春乐·华盖》
乖时蹇运交华盖。地罗网、天枷戴。恐前生、月
老红绳在。千百结、无开解。　　想了断、花花世界。
却难舍、恩缘如海。愿借云书星笔，一片痴心载。

五四、浪淘沙（54）

又名卖花声、曲入冥、过龙门等。双调五十四字，前后阕各五句，四平韵。

古代词例：李煜

---

①第二行原3、5、3、3，改为7、3、3，少一字。

帘外雨潺潺，春意阑珊，罗衾不耐五更寒。梦里
⊙●●○△　⊙●○△　⊙○◎●●○△　◎●
不知身是客，一晌贪欢。　独自莫凭阑，无限江山，
◎○○●●　◎●○△　　◎●●○△　⊙●○△
别时容易见时难。流水落花春去也，天上人间。
◎○⊙●●○△　⊙●◎○○●●　⊙●○△

近代词例：吕碧城《浪淘沙》
百二莽秦关。丽堞回旋，夕阳红处尽堪怜。素手
⊙●●○△　⊙●○△　⊙○◎●●○△　◎●
先鞭何处着？如此江山。　花月自娟娟，帘底灯边。
◎○○●●　◎●○△　　◎●●○△　⊙●○△
春夜如梦梦如烟，往返人天何所住？如此华年。
◎○⊙●○△　⊙●◎○○●●　⊙●○△

现代词例：毛泽东《浪淘沙·北戴河》
大雨落幽燕，白浪滔天，秦皇岛外打鱼船。一片
⊙●●○△　⊙●○△　⊙○◎●●○△　◎●
汪洋都不见，知向谁边？　往事越千年，魏武挥鞭，
◎○○●●　◎●○△　　◎●●○△　⊙●○△
东临碣石有遗篇。萧瑟秋风今又是，换了人间。
◎○●●●○△　○●○○○●●　⊙●○△

昆山词例：《浪淘沙·春日踏青》
衰草吐新芽，雨走寒鸦，湖塘水满又鸣蛙。燕舞
莺歌堤岸绿，蝶戏篱笆。　清早唤锄耙，种豆栽瓜。
嫂姑汗湿夕阳斜。长笛数声人尽醉，乐在农家。

五五、杏花天（54）

又名杏花风。双调五十四字，前后阕各四句，四仄韵。

古代词例：朱敦儒

浅春庭院东风晓，细雨打、鸳鸯寒悄。花尖望见
◎⊙◎◎◎⊙▲　◎◎◎　⊙◎◎⊙▲　⊙◎◎●
秋千了，无路踏青斗草。　　人别后、碧云信杳，对
○○▲　○●○◎◎▲　　　⊙◎●　◎◎◎▲　◎
好景、愁多欢少。等他燕子传音耗，红杏开还未到。
◎◎　⊙◎◎⊙▲　◎◎◎◎◎⊙▲　⊙●⊙◎◎▲

近代词例：汪东《杏花天》

一枝曾傍西湖见，杏花露、墙头粉面。春情欲逐
◎⊙⊙◎◎⊙▲　◎◎◎　⊙◎◎⊙▲　⊙◎◎●
双飞伴，苦恨鸳鸯翅短。　　华灯映、珠环彩扇。觉
○○▲　○●○◎◎▲　　　⊙◎●　◎◎◎▲　◎
此夜、瑶台未远。须臾簇上歌筵畔。玉树啼莺自啭。
◎◎　⊙◎◎⊙▲　◎◎◎◎◎⊙▲　◎⊙◎◎◎▲

昆山词例：《杏花天·双雏鸟》

戊寅留照双雏鸟，乘木马、如今怎了。黉门学子
千车爆，曾让尔曹先到。　　闻此日、花红叶好。望
明行、海宽洋浩。摘星揽月登天岛，莫让韶光空老。

五六、河传（55）

又名怨王孙，双调五十五字，前阕七句两仄韵、五平韵，后阕七句三仄韵、四平韵。

古代词例：温庭筠

湖上，闲望，雨萧萧，烟浦花桥路遥。谢娘翠蛾
⊙▲　○▲　●○△　⊙●⊙○⊙△　◎◎○⊙
愁不销，终朝，梦魂迷晚潮。　　荡子天涯归棹远，
⊙◎△　○△　◎○●△　　　◎◎○⊙⊙○▲
春已晚，莺语空肠断。若耶溪，溪水西，柳堤，不闻
⊙◎▲　○●⊙○▲　●○△　○○△　◎△　●○
郎马嘶。
○●△

近代词例：沈曾植《河传》

春望，怊怅。夕阳西，霞渚风漪眼迷。杜鹃劝人
⊙▲　○▲　●○△　⊙●⊙○⊙△　◎◎○⊙
胡不归，归迟，落花红满蹊。　　锦字盘中辞宛转，
⊙◎△　○△　◎○○●△　　　◎◎○⊙⊙○▲
愁不断，四角中央遍。夜相思，梦来时。月儿，常娥
⊙◎▲　○●⊙○▲　●○△　⊙○△　◎△　●○
幽怨眉。
○●△

昆山词例：《河传·思妇泪》

云恶，风妒，雨潇潇，恍若檀郎吹箫。簪隔银河
无限娇，迢迢，何时生鹊桥。　　月影斜窗夜将半，
蛙声乱，百结愁肠断，素心秋，天涯留。情浮，孽丝

千万条。

五七、木兰花令（55）

双调五十五字，前阕五句三仄韵，后阕四句三仄韵。

古代词例：韦庄

独上小楼春欲暮，愁望玉关芳草路。消息断，不
●●●○○●▲　⊙◎○○●▲　○●●
逢人，却敛细眉归绣户。　坐看落花空叹息，罗袂
○○　●◎●⊙○●▲　◎○●○○●▲　⊙
湿斑红泪滴。千山万水不曾行，魂梦欲教何处觅。
◎○○●▲　○○○●●○○　⊙◎●○○●▲

昆山词例：《木兰花令·逃官悔》

原望傍攀龙凤府，今日竟成荒野鼠。雷闪闪，震
频频，雨急风狂黄昏路。　昂首问山山不语，寻遍
夹缝无活土。巢倾树倒卵难全，只恐余生笼中住。

五八、鹧鸪天（55）

又名思越人、思佳客、醉梅花等。双调五十五字，前阕四
句三平韵，后阕五句三平韵。

古代词例：晏几道

彩袖殷勤捧玉钟，当年拼却醉颜红。舞低杨柳楼
◎●⊙○●○△　⊙○⊙●●○△　◎○⊙●

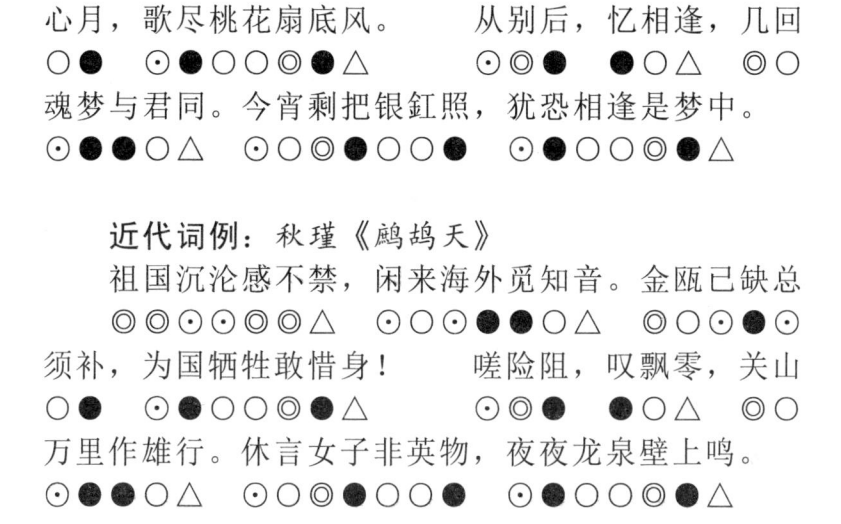

心月，歌尽桃花扇底风。　　从别后，忆相逢，几回
○●　⊙●○○●△　　　　　⊙○●　●○△　◎○
魂梦与君同。今宵剩把银釭照，犹恐相逢是梦中。
⊙●●○△　⊙○⊙●○○●　⊙●○○●●△

近代词例：秋瑾《鹧鸪天》

祖国沉沦感不禁，闲来海外觅知音。金瓯已缺总
◎●⊙○●●△　⊙○◎●●○△　◎○⊙●⊙
须补，为国牺牲敢惜身！　　嗟险阻，叹飘零，关山
○●　●●○○●●△　　　　　○●●　●○△　◎○
万里作雄行。休言女子非英物，夜夜龙泉壁上鸣。
⊙●●○△　⊙○⊙●○○●　⊙●○○●●△

昆山词例：《鹧鸪天·纪念黄烽将军①》

半壁山河喋血汤，八千云月枕戎装。曾提三尺驱
狼虎，又挺秋毫写卷章。　　芦荡火、点沙浜，将
军倩影刻皮黄。功成含笑回天府，青史长留一瓣香。

五九、南乡子（56）

名小令的长调。双调五十六字，前后阕各五句四平韵。

古代词例：冯延巳

---

①黄烽将军（1916—2001），福建福安穆阳人，原福州军区空军政治部主任。沪剧《芦荡火种》和京剧《沙家浜》，是根据他和36个新四军伤病员的抗日故事原型改编成的。

细雨湿流光,芳草年年与恨长。回首凤楼无限事,
◎●●○△　⊙●○●●△　⊙●○●●●
茫茫,鸾镜鸳衾两断肠。　　魂梦任悠扬,睡起杨花
○△　⊙●○●●○△　　⊙●●○△　●●○○
满绣床。薄幸不来门半掩,斜阳,负你残春泪几行。
●●△　◎●●○○●●　○△　⊙●○○●●△

近代词例:王闿运《南乡子·惜花春起早》
春恨压屏山,细雨欺花困牡丹。雨若再晴花再艳,
◎●●○△　⊙●○○●●△　⊙●◎○○●●
应难,唤起双鬓摘下看。　　凭软曲阑干,晓逗微光
○△　⊙●○●●●△　　⊙●●○△　●●○○
似不寒。忽地玉阶风过觉,衣单,重入罗帏又懒眠。
●●△　◎●●○○●●　○△　⊙●○○●●△

昆山词例:《南乡子·房奴》
十载闯江湖,携妇将雏鬓已粗。梦里几回生玉屋,
嗟呼!离枕依然四壁徒。　　何日有吾庐?楼市飙升
囊底枯。半世薪酬供吸血,房奴!月月油盐痛切肤!

六〇、鹊桥仙(56)

又名金风玉露相逢曲、广寒秋等。双调五十六字,前后阕各五句,两仄韵。

古代词例:秦观
纤云弄巧,飞星传恨,银汉迢迢暗度。金风玉露
◎○⊙●　⊙○⊙●　⊙●◎○⊙▲　◎○⊙●

一相逢，便胜却、人间无数。　　柔情似水，佳期如
●○○　　◎◎●　○○○▲　　⊙○○●　⊙○○
梦，忍顾鹊桥归路。两情若是久长时，又岂在、朝朝
●　⊙●●●▲　⊙○●●●●○　◎○●　○○
暮暮。
⊙▲。

近代词例：王国维《鹊桥仙》
沉沉戍鼓，萧萧厩马，起视霜华满地。猛然记得
◎○⊙●　⊙○⊙●　⊙●◎○▲　◎○⊙●
别伊时，正今日、邮亭天气。　　北征车辙，南征归
●○○　⊙◎●　○○○▲　　⊙○◎●　⊙○○
梦，知是调停无计。人间事事不堪凭，但除却、"无凭"
●　⊙●●○⊙▲　⊙○●●●○○　◎◎●　⊙○
二字。
⊙▲。

昆山词例：《鹊桥仙·青梅路》
太空天体、基因纳米，世纪工程无数。当今牛女
竞登攀，怪不得、佳期常误。　　投诗红叶、寄思红
豆，玉露金风几度。他年驾箭入蟾宫，可还记、青梅
旧路。

六一、虞美人（56）

又名一江春水、忆柳曲等。双调五十六字，前后阕各四句，
两仄韵、两平韵。

古代词例：李煜

春花秋月何时了？往事知多少。小楼昨夜又东风，
⊙○◎●○○▲　◎●○○▲　⊙○◎●●○△
故国不堪回首、月明中。　　雕栏玉砌应犹在，只是
⊙●◎○⊙●　●○△　　⊙○◎●●○▲　⊙●
朱颜改。问君能有几多愁？恰似一江春水、向东流。
○○▲　●●○●●○△　◎●⊙○⊙●　●○△

近代词例：黄燮清《虞美人·剪秋罗》

磁盆略带萧疏意，染得秋如绮。猩痕点点雨中看，
⊙○◎●○○▲　◎●○○▲　⊙○◎●●○△
认是西风残泪、湿齐纨。　　苏娘机杼回文卷，移近
⊙●◎○⊙●　●○△　　⊙○◎●●○▲　⊙●
帘栊玩。一丝丝织可怜红，输与茜纱裙上、绣芙蓉。
○○▲　●●○●●○△　◎●⊙○⊙●　●○△

现代词例：毛泽东《虞美人·枕上》

堆来枕上愁何状，江海翻波浪。夜长天色总难明，
⊙○◎●○○▲　◎●○○▲　⊙○◎●●○△
寂寞披衣起坐、数寒星。　　晓来百念都灰尽，剩有
⊙●◎○⊙●　●○△　　⊙○◎●●○▲　⊙●
离人影。一钩残月向西流，对此不抛眼泪、也无由。
○○▲　●●○●●○△　◎●⊙○⊙●　●○△

昆山词例：《虞美人·玉人良夜教吹箫》

银龙尽把湖边绕，惊望归来鸟。家家灯酒庆元宵，
勾起重重心忆、似春潮。　　当年幼蕊花枝俏，曾买
千金笑。玉人良夜教吹箫，对月迎风同舞、鹊仙桥。

六二、玉楼春（56）

亦名惜春容、西湖曲、归朝欢等。与木兰花令有别。双调五十六字，前后阕各四句，三仄韵。

古代词例：宋祁《玉楼春·春景》

东城渐觉风光好，縠皱波纹迎客棹。绿杨烟外晓
⊙○◎●○○▲　◎●◎○○●▲　⊙○○●●
寒轻，红杏枝头春意闹。　　浮生长恨欢娱少，肯爱
○○　◎●○○●▲　　　⊙○○●○○▲　◎●
千金轻一笑。为君持酒劝斜阳，且向花间留晚照。
⊙○○●▲　◎○◎●●○○　◎●○○○●▲

近代词例：朱孝臧《玉楼春》

华灯添酒西楼别，酒醒天涯闻语鴂。晓帘隔泪数
⊙○◎●○○▲　◎●◎○○●▲　⊙○○●●
残葩，夜镜和愁遮满月。　　相思画字簟尘灭，缄恨
○○　◎●○○●▲　　　⊙○○●●○▲　◎●
玉珰终不达。一春孤馆雨留人，憔悴东风无处说。
⊙○○●▲　◎○◎●●○○　◎●○○○●▲

昆山词例：《玉楼春·蛇》

清明南岭君常伏，昂首呲牙撑怒目。行人惊恐俱奔逃，岭上每闻蛙鸟哭。　　去冬驻进山猪族，豆笋菜蔬全入腹。春回长不见君来，想必已成猪猡肉。

六三、夜游宫（57）

又名新念别。双调五十七字，前后阕各六句，四仄韵。

古代词例：毛滂

长记劳君送远，柳烟重、桃花波暖。花外溪城望
⊙●○○●▲　◎◎●　⊙○⊙▲　⊙◎●●
不见。古槐边，故人稀，秋鬓晚。　　我有凌霄伴，
◎▲　◎○⊙　●○○　⊙◎▲　　◎●○○▲
在何处、山寒云乱。何不随君弄清浅。见伊时，话阳
●⊙◎　○○⊙▲　⊙●○○◎◎▲　◎◎⊙　●⊙
春，山数点。
○　⊙◎▲

近代词例：朱孝臧《夜游宫·舟夕孤坐榜人折临水小梅枝为供》

吹水疏香讯早。绀壶暖、回镫一笑。零乱苍鬟枕
⊙●○○●▲　◎◎●　⊙○⊙▲　⊙●○○●
函小。似罗浮，月昏黄，梦中到。　　天黯吹笙道。
◎▲　◎○⊙　●○○　⊙◎▲　　◎●○○▲
细禽傍、空尊啼绕。起换伤春旧年稿。断无人，理红
●⊙◎　○○⊙▲　⊙●○○⊙◎▲　◎◎⊙　●⊙
簪，岁华老。
○　⊙◎▲

昆山词例：《夜游宫·牧羊姑》

少小深山牧狩。那堪比，城花湖柳。汗雨常连雪
雨透。草枯荣，雁还归，暑寒复。　　人让西风瘦。
丽质天、尘烟难丑。喜得羔儿春满厩。殊不知，美臕

长，入谁口？

六四、一斛珠（57）

又名醉落魄、怨春风等。双调五十七字，前后阕各五句，四仄韵。

古代词例：李煜

晚妆初过，沉檀轻注些儿个。向人微露丁香颗，
◎○○▲　⊙○◎●●○▲　◎○⊙●●○▲
一曲清歌，暂引樱桃破。　　罗袖裛残殷色可，杯深
●●○○　◎●○○▲　　　⊙●◎○●●▲　○○
旋被香醪涴。绣床斜凭娇无那，烂嚼红茸，笑向檀郎
◎●○▲　●○⊙○○●▲　●●○○　●●○○
唾。
▲

近代词例：王鹏运《一斛珠》

雨饕风虐，寒山如睡何曾觉。黄花轻负重阳约，
◎○○▲　⊙○◎●●○▲　◎○⊙●●○▲
离恨谁知，人远雁允托。　　当时心力空抛却，天涯
●●○○　◎●○○▲　　　⊙●◎○●●▲　○○
原在红阑角。愁浓莫恋村醪薄，入骨相思、禁得几回
◎●○▲　●○⊙●○○▲　●●○○　●●○○
错。
▲

近代词例二：黄燮清《一斛珠》

慰人寥寂，玲珑一串烟丝密。柔枝细蕊幽香别，
◎○○⊙▲　⊙○○●○▲　◎○●●○○▲
金谷楼头，凉夜正相忆。　　晚妆帘底疏星碧，泪痕
●●○○　◎●○●▲　　　⊙○◎●○○▲　○○
穿作连环结。枕函松落圆难觅，粘上云翘，秋是露华
◎●○○▲　●○⊙●○○▲　○●○○　●●●○
滴。
▲

昆山词例：《一斛珠·南岸秋晨》

红轮方饰，烟霞焕彩湖光易。黄花绽放鸣蛩寂。
瘦丑芙蓉，斗艳今无力。　　婆妈广场欢霹雳，枝头
麻雀吱喳息。吼声惊醒天宫客。素女青娥，争看云头
立。

六五、踏莎行（58）

又名喜朝天、柳长春、踏雪行等。双调五十八字，前后阕
各五句，三仄韵。

古代词例： 晏殊

细草愁烟，幽花怯露，凭阑总是消魂处。日高深
◎●○○　⊙○◎▲　⊙○◎●○○▲　◎○⊙
院静无人，时时海燕双飞去。　　带缓罗衣，香残蕙
●●○○　○○◎●○○▲　　　◎●○○　○○◎
炷，天长不禁迢迢路。垂杨只解惹春风，何曾系得行
▲　⊙○◎●○○▲　⊙○◎●●○○　⊙○⊙●○

小令（40—59字） 69

人住。
○▲

　　近代词例：秋瑾《踏莎行·陶荻》
　　对影喃喃，书空咄咄，非关病酒与伤别。愁城一
　◎●○○　　◎○◎▲　　◎○◎●○○▲　◎○○
座筑心头，此情没个人堪说。　　志量徒雄，生机太
●●○○　　◎○◎●○○▲　　　　◎●○○　◎○◎
窄，襟怀枉自多豪侠。拟将厄运问天公，蛾眉遭忌同
▲　⊙○◎●○○▲　◎○◎●●○○　⊙○◎●○
词客！
○▲

　　昆山词例：《踏莎行·那罗①延窟》
　　石险山奇，神工天赐，巍巍石窟生禅寺。百寻岩
顶盖云天，千方镜面藏金地。　　香继千年，经传百
世，几番坠火闻兴废。今朝装点更风光，仙风沐浴游
人醉。

六六、小重山（58）

　　又名小冲山、柳色新等。双调五十八字，前后阕各四句，
四平韵。

　　古代词例：岳飞

---
　　①那罗寺在宁德虎贝。

昨夜寒蛩不住鸣。惊回千里梦,已三更。起来独
⊙●○○⊙●△　◎○○●●　●○△　⊙○○
自绕阶行。人悄悄,帘外月胧明。　　白首为功名。
●●○△　⊙◎●　⊙●●○△　　⊙●●○△
旧山松竹老,阻归程。欲将心事付瑶筝。知音少,弦
⊙○○●●　●○△　⊙○○●●○△　⊙○●　⊙
断有谁听。
●●○△

近代词例:詹安泰《小重山》
挥剑腰娇并作尘。水风沧海泪,梦痕新。瘦魂扶
⊙●○○●●△　◎○○●●　●○△　⊙○○
起对花罍。山棱住,天付眴闲身。　　烟柳欲迷津。
●●○△　⊙●●　⊙●●○△　　⊙●●○△
炉香千万炷,簇仙云。吹兰喷麝断知闻。黄昏近,归
⊙○○●●　●○△　◎○○●●○△　⊙●●　⊙
路得微呻。
●●○△

昆山词例:《小重山·春月夜》
少小曾怀天下同。仰随星海月,谛真宗。云遮雾
锁路迷蒙。狼与虎,运蹇每相逢。　　星月自从容。
任王侯蚂蚁,悉争雄。江河不废水长东。尔曹灭,又
见夕阳红。

中 调

(60—89字)

中调（60—89字）

六七、临江仙（60）

又名谢新恩、雁后归、画屏春、庭院深深等。双调六十字，前后阕各五句，三平韵。

古代词例：杨慎

滚滚长江东逝水，浪花淘尽英雄。是非成败转头
◎◎◎⊙○○● 　○○⊙●○△ 　◎◎◎●○○
空。青山依旧在，几度夕阳红。　　白发渔樵江渚上，
△ 　●○○●● 　⊙●●○△ 　　◎◎◎○○●
惯看秋月春风。一壶浊酒喜相逢。古今多少事，都付
⊙●○○○△ 　◎○●●●○△ 　◎○○●● 　◎●
笑谈中。
●○△

近代词例：秋瑾《临江仙·题李艺垣〈慕莱堂集〉》

忆昔椿萱同茂日，登堂喜舞莱衣。而今风木动哀
◎◎◎⊙○○● 　○○⊙●○△ 　◎◎◎○○
思，音容悲已邈，犹记抱儿时。　　南望白云亲舍在，
△ 　◎○○●● 　⊙●●○△ 　　◎◎◎○○●
故乡回首依依。慕莱堂上征歌辞，弟昆分两地，愁读
⊙○○●○△ 　◎○○●○△ 　⊙○○●● 　◎●
《蓼莪》诗。
●○　△

昆山词例：《临江仙·赞屈原精神为中国梦塑心聚能》

滚滚汨罗江畔水,当年流尽啼痕。千帆竞渡拯忠魂!英雄奇志在,万古知音存。　　路漫漫兮中兴梦,历贤求索晨昏。如今世纪正临春。百邦朝旭日,十亿筑昆仑。

附:临江仙(二)(58)

双调五十八字,前后阕各五句,三平韵。

古代词例:晏几道
梦后楼台高锁,酒醒帘幕低垂。去年春恨却来时。
◎●○○●●　⊙○⊙●○△　○○○●●○△
落花人独立,微雨燕双飞。　　记得小苹初见,两重
●○○●●　⊙●●○△　　⊙●◎○●●
心字罗衣。琵琶弦上说相思。当时明月在,曾照彩云
⊙●○△　◎●⊙●●○△　○○○●●　⊙●●○
归。
△

昆山词例:《临江仙·空置楼房》
一片高楼耸立,月明灯火几家。莺来燕往树添叉。林花红又落,房主在天涯?　　醉里惊闻鬼泣,醒时竟是昏鸦。楼商心内乱如麻。朝朝针席坐,夜夜梦囚枷。

六八、蝶恋花（60）

又名鹊踏枝、凤栖梧、卷珠帘等。双调六十字，前后阕各五句，四仄韵。

古代词例：冯延巳

六曲阑干偎碧树，杨柳风轻，展尽黄金缕。谁把
◎●⊙○○●▲　⊙●○○　◎●○○▲　⊙●
钿筝移玉柱，穿帘海燕双飞去。　　满眼游丝兼落絮，
◎○○●▲　⊙○○●○○▲　　◎●⊙○○●▲
红杏开时，一霎清明雨。浓睡觉来莺乱语，惊残好梦
⊙●○○　◎●○○▲　⊙●⊙○◎●▲　⊙○○◎
无寻处。
○○▲

近代词例：吕碧城《蝶恋花·寒食》

寒食东风郊外路。漠漠平原。触目成凄苦。日暮
◎●⊙○○●▲　⊙●○○　◎●○○▲　⊙●
荒鸥啼古树。断桥人静昏昏雨。　　遥望深邱埋玉处。
◎○○●▲　⊙○○●○○▲　　◎●⊙○○●▲
烟草迷离。为赋招魂句。人去纸钱灰自舞。饥鸟共踏
⊙●○○　◎●○○▲　⊙●⊙○◎●▲　⊙○◎●
孤坟语。
○○▲

现代词例：毛泽东《蝶恋花·答李淑一》

我失骄杨君失柳，杨柳轻扬，直上重霄九。问讯
◎●⊙○○●▲　⊙●○○　◎●○○▲　⊙●

吴刚何所有，吴刚捧出桂花酒。　　寂寞嫦娥舒广袖，
◎○○●▲　⊙○◎●○○▲　　　◎●⊙○○●▲
万里长空，且为忠魂舞。忽报人间曾伏虎，泪飞顿作
⊙●○○　◎●○○▲　⊙○◎○○●▲　⊙○○●
倾盆雨。
○○▲

昆山词例：《蝶恋花·小诗人访东湖》

十里湖堤春景照，堤外长龙，又把湖江抱。装点湖山花更俏。鹭鸥迎舞新人笑。　　忆昔岁寒风雨暴。盛怒金蛇，曾对长天啸。今日蛇园诗气绕。金章玉句凭君造。

六九、钗头凤（60）

又名撷芳词、折红英等。双调六十字，前后阕各八句，六仄韵，三迭韵。

古代词例：陆游

红酥手，黄縢酒，满城春色宫墙柳。东风恶，欢
⊙○▲　⊙○▲　◎○⊙●○○▲　⊙○▲　⊙
情薄。一怀愁绪，几年离索。错、错、错。　　春如
○▲　⊙○◎●　◎○⊙●　▲　▲　▲　　　⊙○
旧，人空瘦，泪痕红浥鲛绡透。桃花落，闲池阁。山
▲　⊙○▲　◎○⊙●○○▲　⊙○▲　⊙○▲　⊙
盟虽在，锦书难托。莫、莫、莫！
○○●　◎○⊙▲　▲　▲　▲

中调（60—89字）　77

近代词例：汪东《钗头凤》

黄昏后。春寒逗。细匀檀炷添金兽。梨花侧。人
⊙〇▲　⊙〇▲　◎〇⊙●〇〇▲　⊙〇▲　⊙
同色。月下迷藏，凭阑无力。觅、觅、觅。　　欢携
〇▲　⊙〇〇●　◎〇〇▲　▲　▲　▲　　　⊙〇
手。情如酒。此生便谓长相守。谁知得。空陈迹。梦
▲　⊙〇▲　◎〇◎●〇〇▲　〇〇▲　⊙〇▲　⊙
断音沉，一灯摇碧。寂、寂、寂。
〇◎●　◎〇⊙▲　▲　▲　▲

昆山词例：《钗头凤·莫须有》

莫须有，权奸口，阴谋暗处康王手。风云恶，君
恩薄。当朝名将，凄然殒落。愕、愕、愕。　　东南
偶，儿皇守，风波亭外呼声久。兵锋锷，民沟壑，西
湖楼里，笙歌常作。乐、乐、乐。

附：钗头凤（二）（平仄韵错叶）（60）

古代词例：唐婉

世情薄，人情恶，雨送黄昏花易落；晚风干，泪
⊙〇▲　⊙〇▲　◎●〇〇〇▲　⊙〇△　⊙
痕残，欲传心事，独倚斜栏，难、难、难。　　人成
〇△　⊙〇〇●　◎〇〇△　△　△　△　　　⊙〇
各，今非昨，病魂常似秋千索；角声寒，夜阑珊，怕
▲　⊙〇▲　◎〇◎●〇〇▲　⊙〇△　⊙〇△　⊙
人询问，咽泪装欢，瞒、瞒、瞒。
〇〇●　◎〇〇△　△　△　△

昆山词例：《钗头凤·囚官怨》

秋风雁，啼声乱。囹圄窗前流泪汉。恨栅栏，望天宽。早知今日，悔不当官。酸！酸！酸！　　丝弦断，猢狲散，卿卿我我全归叛。马连鞍，一窝端。大圜已定，欲挽狂澜，难！难！难！

七〇、一剪梅（60）

又名腊梅香、玉簟秋等。双调六十字，前后阕各六句，三平韵。

古代词例： 李清照

红藕香残玉簟秋。轻解罗裳，独上兰舟。云中谁
◎●○○◎●△　⊙○○⊙　◎●○△　⊙○○
寄锦书来，雁字回时，月满西楼。　　花自飘零水自
●●○○　⊙●○⊙　●●○△　　◎●⊙○●
流。一种相思，两处闲愁。此情无计可消除，才下眉
△　◎○○⊙　◎●○△　⊙○◎●●○○　⊙●○
头，却上心头。
○　◎●○△

近代词例： 沈善宝《一剪梅·冲寒图》

潇洒吟情在灞桥。杖挂诗瓢，驴踏琼瑶。阳春一
◎●○○◎●△　⊙○○⊙　◎●○△　⊙○○
曲调应高。梅正香饶，雪正萧骚。　　自是清狂逸兴
●○○　⊙●○○　◎●○△　　◎●⊙○●

豪。一任寒骄，肯负今朝。竹篱茅舍露山坳。幽景难
△　◎◎◎⊙　　◎●○△　　⊙○⊙●●○△　　⊙●○
描，幽思难消。
○　◎●○△

昆山词例：《一剪梅·登台北101大楼》
　　万丈高楼系箭船，卅秒行程，直抵摩天。车流如
蚁屋如林，山泊银蛇，水接寒烟。　　锦绣关河眼底
悬，几度狼烽，几度团圆。轩辕儿女一家人，携手相
扶，共建坤干。

七一、唐多令（60）

又名南楼令，双调六十字，前后阕各五句，四平韵。

古代词例：刘过
　　芦叶满汀洲，寒沙带浅流。二十年、重过南楼。
　　⊙●●○△　　⊙●●○△　　⊙⊙○　⊙●○△
柳下系船犹未稳，能几日、又中秋。　　黄河断矶头，
◎●◎○○●●　⊙⊙●　●○△　　　　⊙○●○△
故人曾到不。旧江山、浑是新愁。欲买桂花同载酒，
◎○○●△　●○○　◎●○△　●●●○○●●
终不似、少年游。
⊙◎●　●○△

近代词例：秋瑾《唐多令·秋雨》
　　肠断雨声秋，烟波湘水流，闷无言、独上妆楼。
　　⊙●●○△　　⊙●◎●△　　●○○　⊙●○△

忆到今宵人已去,谁伴我?数更筹。　　寒重冷衾裯,
◎●○○●● ⊙○● ●○△　　⊙●●○△
风狂乱幕钩,挑灯重起倚熏篝。窗内漏声窗外雨,频
◎○⊙●△ ⊙●○○●●△ ◎●○○○●● ⊙
点滴,助人愁。
◎● ●○△

昆山词例:《唐多令·晨湖漫步》
　　堤下鲫鱼肥,塘前鸥鹭飞。醉朝霞,岸柳依依。蓑笠皤翁垂钓早,筐篓满,正歌归。　　往事只堪悲,景仍人已非。望湖山,稽首徘徊。曾几同行皆化蝶,声犹在,影难回。

七二、锦帐春(60)

双调六十字,前阕七句四仄韵,后阕七句五仄韵。

古代词例: 辛弃疾
春色难留,酒杯常浅,把旧恨新愁相间。五更风,
⊙●○○ ◎○⊙▲ ◎○●○⊙▲ ●○○
千里梦,看飞红几片,这般庭院。　　几许风流,几
○●● ●⊙○○▲ ◎○○▲ ●●○○ ●
般娇懒,问相见何如不见。燕飞忙,莺语乱,恨重帘
○○▲ ●⊙●○⊙▲ ●○○ ○●▲ ●○○
不卷,翠屏天远。
◎▲ ◎○⊙▲

清初词例: 吴绮《锦帐春·画眉》

翠幄钩新，玉奁开早。刚照面、凤巢苏小。乍添
⊙●○○　◎○○⊙▲　●◎●●　○○○⊙▲　●○
檀，还渲黛，怕新妆易了，是愁难扫。　　向月分图，
○　○●●　●⊙○◎▲　◎○○▲　　　●●○○
将山传稿。长爱煞、莹娘才调。晓蛾飞，春茧细。问
●○○▲　●○● 　⊙○⊙▲　●○○　○●▲　●
垂杨碧绕，较人多少。
⊙○◎▲　◎○○▲

昆山词例：《锦帐春·秋感》

秋色连坡，黄芳独俏，一字雁群南归了。角梅凋，湖柳瘦，大米[①]成枯槁，芙蓉香杳。　　几度繁华，几番光耀。冷月夕阳依旧照。水长流，山不老。问当年天姣。还余多少？

七三、破阵子（62）

又名十拍子。双调六十二字，前后阕各五句，三平韵。

古代词例：辛弃疾

醉里挑灯看剑，梦回吹角连营。八百里分麾下炙，
◎●⊙○◎●　⊙○◎●○△　●●●○○●●
五十弦翻塞外声，沙场秋点兵。　　马作的卢飞快，
⊙●○○●▲　○○○●△　　　●●⊙○◎●
弓如霹雳弦惊。了却君王天下事，赢得生前身后名。
⊙○◎●○△　●⊙○○○●●　◎●○○○●△

---

①大米：大米草。

可怜白发生！
⊙○◎●△

近代词例：顾随《破阵子·寄内》
飘荡满林黄叶，凄凉镇日空斋。十月霜风吹正紧，
◎●⊙○○●　○○⊙●○△　⊙●◎○○●
一寸眉心展不开。寒衣谁与裁。　　卖赋无聊事业。
⊙●○○◎●△　◎○⊙●△　　　◎●○○●●
衔杯潦倒情怀。早想云中传雁信，直到而今尚自猜。
⊙◎●●○△　◎○○○○●●　◎●○○●●△
雁儿来不来。
⊙○◎●△

昆山词例：《破阵子·鸿沟——某县用扶贫款买轿车盖楼》

土屋、楼堂、别墅，吏民似隔鸿沟。只羡豪门车马贵，不把黎元衣食愁。莫忘水载舟、　　百代王朝兴替，千年贤智沉浮。忧患生兮安乐死，风雨长堤防蚁蝼。早将洞穴修。

七四、苏幕遮（62）

又名鬓云松令。双调六十二字，前后阕各七句，四仄韵。

古代词例：范仲淹
碧云天，黄叶地，秋色连波，波上含烟翠。山映
●○○　○●▲　⊙●○○　⊙●○○▲　⊙●

斜阳天接水，芳草无情，更在斜阳外。　　黯乡魂，
⊙○○●▲　⊙●○○　◎●○○▲　　●○○
追旅思。夜夜除非，好梦留人睡。明月楼高休独倚，
○●▲　◎●○○　●●○○▲　○●○○○●▲
酒入愁肠，化作相思泪。
◎●⊙○　◎●○○▲

近代词例：王国维《苏幕遮》

倦凭阑，低拥髻，丰颊秀眉，犹是年时意。昨夜
●○○　○●▲　⊙●○○　⊙●○○▲　⊙●
西窗残梦里，一霎幽欢，不似人间世。　　恨来迟，
⊙○○●▲　⊙●○○　◎●○○▲　　●○○
防醒易。梦里惊疑，何况醒时际？凉月满窗人不寐，
○●▲　◎●○○　◎●○○▲　⊙⊙○○○●▲
香印成灰，总作回肠字。
◎●⊙○　◎●○○▲

昆山词例：《苏幕遮·东湖祭》

血云天，金马地。凛夜风寒，多少伤心泪！尺素鱼沉无处寄，借问冤魂，是否重胎世？　　立长堤，驱恨水，十里湖塘，千幢高楼起。亿万商豪金醉纸，今日繁华，谁记先人你？

七五、定风波（62）

又名定风流、定风波令。双调六十二字，前阕五句三平韵、两仄韵，后阕六句四仄韵、两平韵。

古代词例：欧阳炯

暖日闲窗映碧纱，小池春水浸明霞。数树海棠红
◎●○○◎●△　◎○⊙●●○△　◎●○○
欲尽，争忍，玉闺深掩过年华。　　独凭绣床方寸乱，
◎▲　⊙▲　◎○⊙●●○△　　◎●○○◎●▲
肠断，泪珠穿破脸边花。邻舍女郎相借问，音信，教
⊙▲　◎○⊙●●○△　⊙●◎○○●▲　⊙▲　⊙
人羞道未还家。
○⊙●●○△

近代词例：况周颐《定风波》[①]

未问兰因已惘然，垂杨西北有情天。水月镜花终
◎●○○◎●△　◎○⊙●●○△　◎●◎○○
幻迹，赢得，半生魂梦与缠绵。　　户网游丝浑是冒，
◎▲　⊙▲　◎○⊙●●○△　　◎●◎○○●▲
被池方锦岂无缘。为有相思能驻景，消领，逢春惆怅
◎○○◎●○△　⊙●◎○○●▲　⊙▲　⊙○○●
似当年。
●○△

昆山词例：《定风波·留守妇》

明镜高悬彩蝶飞，山茶吐艳柳丝垂。黄鹂声声催春急，衫湿。天涯何故寄书迟？　　月入危楼心自醉。难睡。三更林下听啼鸡。十载空床连薄被。醒未？伊人且问几时归？

[①] 此词亦同欧阳炯词体，惟换头下减去押短韵两字句。

中调（60—89字）

七六、渔家傲（62）

双调六十二字，前后阕各五句，五仄韵。

古代词例： 晏殊

画鼓声中昏又晓，时光只解催人老。求得浅欢风
◎●○○○●▲　⊙○◎●○○▲　⊙●○○○
日好，齐揭调，神仙一曲渔家傲。　绿水悠悠天杳
●▲　○◎▲　⊙○◎●○○▲　　◎●○○○●
杳，浮生岂得长年少。莫惜醉来开口笑，须信道，人
▲　⊙○◎●○○▲　◎●○○○●▲　⊙◎▲　⊙
间万事何时了。
○◎●○○▲

近代词例： 朱孝臧《渔家傲》

几日寻秋双画舻，闹红闲了横塘路。梦落西湾香
◎◎○○○●▲　●○◎●○○▲　⊙●○○○
屧步，呼酒处，荒波怪石犹堪语。　容易新凉生碧
●▲　○◎▲　⊙○◎●○○▲　　◎●⊙○○
树，离心却趁高鸿去。一叶井梧飘蜡炬，须念取，江
▲　⊙○◎●○○▲　◎●○○○●▲　⊙●▲　⊙
南今夜潇潇雨。
○◎●○○▲

现代词例： 毛泽东《渔家傲·第一次反围剿》

万木霜天红烂漫，天兵怒气冲霄汉。雾满龙冈千
◎◎○○○●▲　⊙○◎●⊙○▲　⊙●○○○

嶂暗，齐声唤，前头捉了张辉瓒。　　二十万军重入
●▲　　○○◎▲　⊙○○◎○○▲　　◎●⊙○○●
赣，风烟滚滚来天半。唤起工农千百万，同心干，不
▲　⊙○○◎○○▲　◎●○○○●▲　○◎▲　⊙
周山下红旗乱。
○◎●○○▲

昆山词例：《渔家傲·伯嚭》
　　通敌谋财奸嚭玩，弦歌酒色吴王懒。属镂冤成千古怨，吴宫乱，蛀螽已把天梁断。　　尝粪卑奴勾践反，城头空怒伍员眼。兔死禽亡烹走犬。春梦短，珍珠琼玉为谁满？

七七、喝火令（65）

双调六十五字，前阕五句三平韵，后阕七句四平韵。

古代词例：黄庭坚
　　见晚情如旧，交疏分已深，舞时歌处动人心。烟
　　●●○○●　○○●●○△　●●○●●○△　⊙
水数年魂梦，无处可追寻。　　昨夜灯前见，重题汉
●●○○●　⊙●●○△　　◎●○○●　○○●
上襟，便愁云雨又难禁。晓也星稀，晓也月西沉，晓
●△　◎●○●●○△　●●○○　●●●○○　●
也雁行低度，不会寄芳音。
●●○○●　◎●●○△

近代词例：秋瑾《喝火令·题魏春皆看剑图小照》

带月松常健，临窗卷屡翻，吴钩如雪逼人寒。想
●⊙○○●　○○●●△　⊙○○●●○△　⊙
见摩挲三五，起舞白云抟。　　短夹豪挫地，长歌笑
●⊙○○●　●●○○△　　◎●●●●　○○●
划天，王蕴知己托龙泉。似此襟怀，似此襟怀难；似
●△　◎○○●●○△　●●○○　●●○○●　●
此高风雅韵，幸有画能传。
●○○●●　◎●●○△

昆山词例：《喝火令·鸿踪》
早识衣窗里，重逢战火中。峡云无迹恨匆匆。未
托系绳天老，时令已临冬。　　韩水花期误，仙山月
影蒙。无情风雨断归鸿。总是霜寒，总是雪冰封？总
是草凋林谢，何处觅芳踪？

七八、谢池春（66）

又名风中柳，玉莲花等。双调六十六字，前后阕各六句四
仄韵。

古代词例： 陆游
贺监湖边，初系放翁归棹。小园林、时时醉倒。
◎●○○　⊙●●○○▲　●○○　○○●▲
春眠惊起，听啼莺催晓，叹功名、误人堪笑。　　朱
⊙○⊙●　⊙○○⊙●　●○○　●○○▲　　○
桥翠径，不许京尘飞到。挂朝衣、东归欠早。连宵风
○●●　⊙●○○○▲　●○○　○○●▲　○○⊙

雨，卷残红如扫，恨樽前、送春人老。
● ●○○○▲ ●○◉ ●○○▲

清初词例：徐釚《谢池春》
大小毛生，岂让谢家池草。验鬓丝、心情不老。
◎●○○ ◉●○○▲ ●○◉ ○○●▲
马曹萧寂，苜蓿盘空抱，妒歌楼、碧笙缥缈。　劈
⊙○⊙● ⊙○○▲ ⊙○◯ ●○○▲　○
笺索米，何日寻君醉倒。被晴湖、桃花微笑。堪怜好
○●●◯ ○●○○⊙▲ ●○○ ○○○▲ ○○⊙
景，过苏堤春晓。暮潮回、且乘烟棹。
● ●○○○▲ ●○⊙ ●○○▲

昆山词例：《谢池春·秋》
一夜西风，吹落叶桐盈道。送归鸿，烟霞袅袅。蛩残声断，彩蝶花丛渺。傲芙蓉，比黄芳俏。　无成一事，又是一年秋了。叹浮生，愁多乐少。千金掷尽，未赢佳人笑，效渔父，五湖垂钓。

七九、行香子（66）

双调六十六字，前阕八句四平韵，后阕八句三平韵。

古代词例：晁补之
前岁栽桃，今岁成蹊，更黄鹂、久住相知。微行
⊙●○○ ⊙●○△ ◎⊙◉ ◎●○△ ⊙○
清露，细履斜晖，对林中侣，闲中我，醉中谁。　何
⊙● ◎●○△ ●⊙○◎ ⊙⊙● ●○△　⊙

中调（60—89字） 89

妨到老，常闲常醉，任功名、生事俱非。衰颜难强，
○◎● ○○○⊙ ●⊙○ ⊙●⊙△ ⊙○○●
拙语多迟，但醉同行，月同坐，影同归。
◎●○△ ●●○⊙ ○⊙● ●○△

近代词例：唐圭璋《行香子·匡山旅舍》
狂虏纵横。八戈同惊。惨离怀、甚饮芳醽。忍抛
⊙●○○ ◎●○△ ◎●⊙ ●●○△ ⊙○
稚子，千里飘零。对一江风，一轮月，一天星。　乡
⊙● ◎●○△ ●●○◎ ●○● ●○△ ⊙
关何在，空有魂萦。宿荒村、梦也难成。问谁相伴，
○◎● ○○○⊙ ●⊙● ●●○△ ⊙○○●
直到天明。但幽阶雨，孤衾泪，薄帷灯。
◎●○△ ●●○⊙ ◎⊙● ●○△

昆山词例：《行香子·湖楼夜眺》
芭扇桥头[1]，艳火银妆。车流涌、灯海茫茫。云悬高阁，水映仙庄。集楼灯炫，车灯闪，路灯煌。　悠悠千载，天荒地老，几时有、盛世霞光。中兴华夏，万里朝阳。可称尧舜，超文景，胜唐皇[2]。

八〇、解佩令（66）

双调六十六字，前阕六句四仄韵，后阕六句三仄韵。

---

[1]芭扇桥头：东湖二号观光桥远望形同芭蕉扇。[2]汉有文景之治，唐有贞观、开元盛世。

古代词例：晏几道

玉阶秋感，年华暗去，掩深宫、团扇无绪。记得
◎○⊙●　⊙⊙○▲　⊙○○　○○⊙▲　◎●
当时，自剪下、机中轻素，点丹青、尽成秦女。　凉
○○　⊙○○　⊙○○▲　⊙○⊙　◎○⊙▲　　○
襟犹在，朱弦未改，忍霜纨、飘零何处。自古悲凉，
○⊙●　⊙○⊙●　●○○　⊙○⊙▲　◎⊙◎
是情事、轻如云雨，倚幺弦、恨长难诉。
●⊙◎　○○⊙▲　●○○　●⊙⊙▲

近代词例：周之琦《解佩令》

芦溪翘望。萍乡翘望。但宜春、已如天上。陆地
◎○⊙●　⊙⊙⊙▲　⊙○○　○○⊙▲　◎●
舟行，全不用、蒲帆兰桨。尽船舷、石棱相抗。　林
○○　⊙○○　⊙○⊙▲　◎○⊙　◎○⊙▲　　○
恋无恙。书堂无恙。累篙师、殷勤指向。几首青词，
⊙⊙●　⊙○⊙●　⊙○○　⊙○⊙▲　◎●○
便做得、丁家鹤相。哂铃山、十年情况。
●⊙◎　○○⊙▲　●○○　●⊙⊙▲

昆山词例：《解佩令·失恋者》

临窗谁唤？募然惊觉。慢抬头，蓬枝小雀。峡雨
巫云，悄然逝，痛欢情薄！孤鸿渺，音书难托。　山
盟安在？空中楼阁，叹如今，孟鸿成各。暗泪长流，
枕衾冷，已非昔昨。恨朱门，咒孔方恶。

中调（60—89字）

八一、青玉案（67）

又名西湖路。双调六十七字，前后阕各六句，五仄韵。

古代词例：贺铸

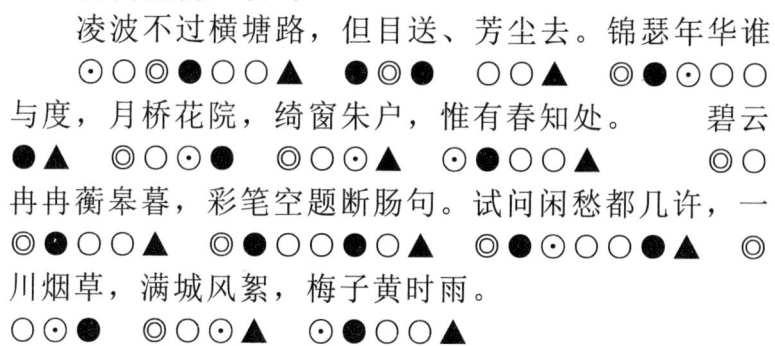

凌波不过横塘路，但目送、芳尘去。锦瑟年华谁
⊙○◎●○○▲　●◎●　○○▲　◎●⊙○
与度，月桥花院，绮窗朱户，惟有春知处。　　碧云
●▲　◎○○●　◎○⊙▲　⊙●○○▲　　◎○
冉冉蘅皋暮，彩笔空题断肠句。试问闲愁都几许，一
◎●○○▲　◎●○○●○▲　◎●○○○●▲　◎
川烟草，满城风絮，梅子黄时雨。
○⊙●　◎○○▲　⊙●○○▲

近代词例：王国维《青玉案·姑苏台上乌啼曙》

姑苏台上乌啼曙，剩霸业，今如许。醉后不堪仍
⊙○○●○○▲　●◎●　○○▲　◎●●○○
吊古。月中杨柳，水边楼阁，犹自教歌舞。　　野花
●▲　◎○○●　◎○⊙▲　⊙●○○▲　　◎○
开遍真娘墓，绝代红颜委朝露。算是人生赢得处。千
◎●○○▲　◎●○○●○▲　◎●○○○●▲　◎
秋诗料，一抔黄土，十里寒螿语。
○⊙●　◎○○▲　⊙●○○▲

昆山词例：《青玉案·东湖新姿》

莺回金马惊春早，鹭鸥起，晨曦照。一夜雷鸣花
满道。千家筵宴，万家灯火，新屋新人笑。　　黄泥

蚁运①今番俏,立鹤蟠龙塔边绕,借下湖屏鹰脚爪,移山平海,楼城如画,仙梦何时了?

八二、感皇恩(67)

又名迭萝花。双调六十七字,前后阕各七句,四仄韵。

古代词例:毛滂

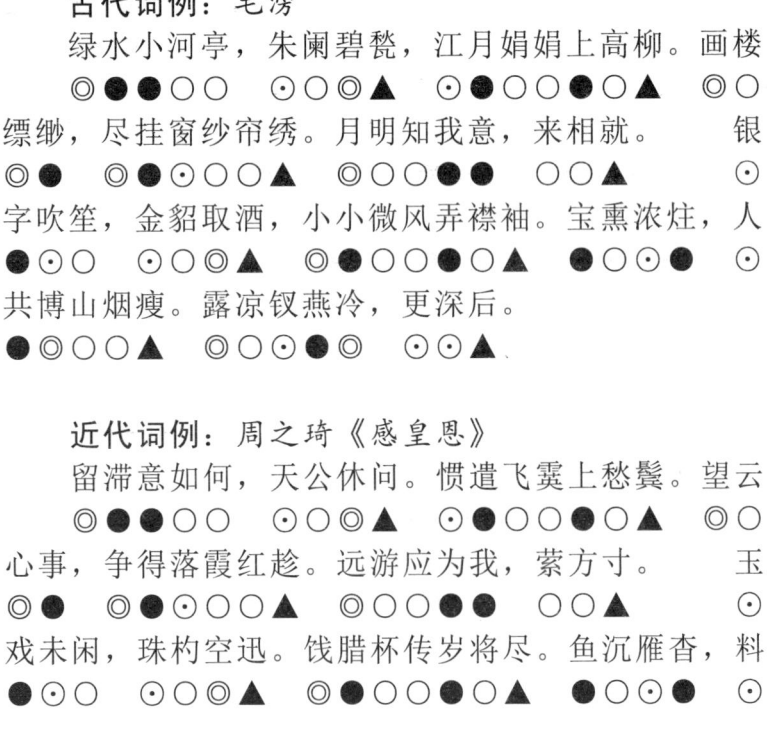

绿水小河亭,朱阑碧甃,江月娟娟上高柳。画楼
◎●●○　⊙○○▲　⊙○●○●○▲　◎○
缥缈,尽挂窗纱帘绣。月明知我意,来相就。　　银
◎●　◎●⊙○○▲　◎○○●●　○○▲　　⊙
字吹笙,金貂取酒,小小微风弄襟袖。宝熏浓炷,人
●⊙○　◎○⊙▲　◎○⊙○●○▲　◎○○●　⊙
共博山烟瘦。露凉钗燕冷,更深后。
●◎○○▲　●○○●●　⊙○▲

近代词例:周之琦《感皇恩》

留滞意如何,天公休问。惯遣飞霙上愁鬓。望云
◎●●○○　⊙○○▲　⊙●○○●○▲　◎○
心事,争得落霞红趁。远游应为我,萦方寸。　　玉
◎●　⊙○●⊙○▲　◎○○●●　○○▲　　⊙
戏未闲,珠杓空迅,饯腊杯传岁将尽。鱼沉雁杳,料
●⊙○　⊙○◎▲　◎○○○●○▲　○○●●　⊙

---

①黄泥蚁运:宋时宁德县令李泽民曾围东湖、一度成功、并赋诗:"蚁运黄泥千掌闹,虹牵堤势两山连"、

是清寒难忍。旅窗谁与递，春来信。
●◎○○▲　◎○○◉◎　⊙⊙▲

昆山词例：《感皇恩·网恋》
网国好逍遥，魂牵梦挂，一指遨游普天下。称兄道妹，诉尽闺房情话。身如王子样，多潇洒。　蜜蜜甜甜，真真假假，醉里难分又难舍。一朝幕落，却教全堂惊哑。靓姑变大妈，将谁嫁？

八三、天仙子（68）

又名万斯年。双调六十八字，前后阕各六句，五仄韵。

古代词例：张先
醉笑相逢能几度，为报江头春且住。主人今日是
◎●⊙○○●▲　◎●⊙○○●▲　◎○○⊙●
行人，红袖舞，清歌女，凭仗东风交点取。　三月
○○　⊙◎▲　◎⊙▲　◎●○○○●▲　　⊙●
柳枝柔似缕，落叶倦飞还恋树。有情宁不惜西园，莺
◎○○●▲　◎●⊙○○●▲　◎○○⊙●○○　⊙
解语，花无数，应讶使君何处去。
◎▲　○⊙▲　◎●⊙○○●▲

近代词例：顾随《天仙子》
万丈游丝心不定，佛国仙山空泡影。人生原自要
◎●⊙○○●▲　◎●⊙○○●▲　◎○○⊙●
凄凉，春暮景，年时病，无奈衣轻愁绪重。　天气
○○　⊙◎▲　◎⊙▲　⊙●⊙○○●▲　　⊙●

恼人嫌昼永,试问春归谁饯送。江南江北起烟尘,风
◎○○●▲　◎●◎○○●▲　◎○⊙●○○　⊙
力猛,筇声动,落日无言天入梦。
◎●▲　○⊙▲　⊙●◎○●▲

昆山词例:《天仙子·饭店奇遇》

祭祖归来饥辘辘。褴褛衣衫权进屋。店家冷眼放斜辉,端三粥。霉味伏。讥讽"山魁"无命谷①?　　苹果举机将事录。老板惊呆凶劲缩。失将吾辈当蓬蒿②?急呼属。忙赔足。俯首哈腰差未哭。

八四、凤凰阁(68)

又名数花风。双调六十八字,前后阕各六句,四仄韵。

古代词例:柳永

匆匆相见,懊恼恩情太薄,霎时云雨人抛却。教
⊙○○●　◎●○○●▲　◎⊙●⊙○○▲　⊙
我行思坐想,肌肤如削,恨只恨、相违旧约。　　相
●○○◎●　⊙○○▲　●◎　○○▲　　　　⊙
思成病,那更潇潇雨落,断肠人在阑干角。山远水远
○○●　◎○◎○●▲　◎●○●○○▲　○○◎
人远,音信难托,这滋味、黄昏更恶。
○●　⊙○○▲　●●　○○●▲

---

①山魁句:说山上人无吃谷米的命。②蓬蒿人:草野间人。

近代词例：赵熙《凤凰阁·蝙蝠》

寄人檐下，才到黄昏便出，秋蚊浓处绣窗黑。弄
⊙○○● ◎●○○●▲ ◎○⊙●⊙○▲ ⊙
影斜挦一瞥，一巢红日。笑一世、如何见得。　　万
●○○○● ⊙○○▲ ●◎ ○○●▲ ⊙
松崖洞，千岁如鸦翅白。明砂还扫饷仙客。春入香奁
○○● ○●○○●▲ ○○○●●○▲ ○●○◎
百福，团团双翼。问鸟鼠，谁家一脉。
○● ⊙○○▲ ●●○ ○○●▲

昆山词例：《凤凰阁·弃妇恨》

橙黄时刻，却见黄花易落。断肠人上凌霄阁。从此楼空影渺，音鸿难托。这心也，霜重雪泊。　　峡云方聚，却被吱喳惊觉。不知人事阑干雀。因尔搅蓝桥断，教我归寞。日难度，长宵更恶。

八五、殢人娇（68）

双调六十八字，前后阕各六句，四仄韵。

古代词例：晏殊

二月春风，正是杨花满路，那堪更、别离情绪。
◎●○○ ◎●◎○◎▲ ⊙○◎ ◎◎○▲⊙
罗巾掩泪，任粉痕沾污，争奈向、千留万留不住。　　玉
○○●● ◎○⊙●▲ ⊙○●○○▲ ◎
酒频倾，宿眉愁聚。空肠断、宝筝弦柱。人间后会，
●○○ ◎○⊙▲ ⊙○● ◎○○● ◎◎○●

又不知何处。魂梦里、也须时时飞去。
●◎○○▲　⊙○●　◎⊙◎⊙▲

清初词例：吴绮《殢人娇·无题》
花压红檐，飘渺梨云千缕。睡不尽、画楼春雨。
◎●⊙○　◎⊙○○▲　○○●　◎○○▲
翠鬟安妥，怕鹦哥传语。谁解道、情在暖香深处。　巫
⊙○⊙●　●○○⊙▲　○●●　⊙○◎○⊙▲　◎
峡朝行，洛波晓渡。算难得、柔怀如许。桃慵柳困，
●⊙○　◎◎⊙▲　●⊙●　⊙○○●　⊙○⊙●
细把眉峰数。人待起、又被眼波留住。
●⊙○○▲　○●●　◎◎⊙⊙▲

昆山词例：《殢人娇·三月阳春》
三月阳春，窗外荆花满道。池蛙鸣、声声烦恼。通宵泪续，不觉天将晓。起对镜、皤然雪花缠绕。　前世沉冤，今生遭报。此情孽、何时终了。峡云追梦，只怕醒时渺。纤纤手、但期能抱郎笑。

八六、江城子（70）

又名江神子、村意远。双调七十字，前后阕各七句五平韵。

古代词例：苏轼
凤凰山下雨初晴，水风清，晚霞明。一朵芙蓉、
◎○⊙●●○△　●○△　●●△　◎⊙○
开过尚盈盈。何处飞来双白鹭，如有意，慕娉婷。　忽
⊙●●○△　⊙⊙○○●●　○◎●　●○△　◎

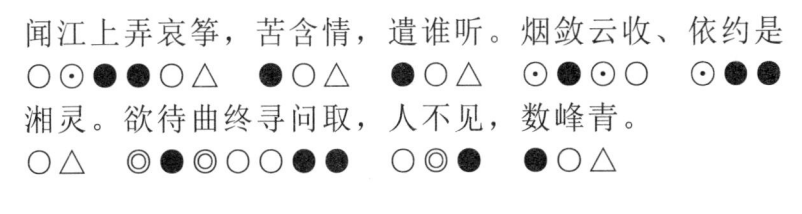

闻江上弄哀筝，苦含情，遣谁听。烟敛云收、依约是
◯⊙●●○△　●○△　●○△　●●⊙●　⊙●●
湘灵。欲待曲终寻问取，人不见，数峰青。
○△　◎●◎○○●●　○○●　●○△

近代词例：顾太清《江城子·花开花落一年中》
花开花落一年中，惜残红，怨东风。恼煞纷纷，
◎○○●●○△　●○△　●○△　◎●⊙○
如雪扑帘栊。坐对飞花花事了，春又去，太匆匆。　惜
⊙●●○△　●●⊙○○●●　○●●　●○△　　◎
花有恨与谁同！晓妆慵，特愁侬。燕子来时，红雨画
○⊙●●○△　●○△　●○△　●●○○　⊙●●
楼东。尽有春愁衔不去，无才思，是游蜂。
○△　◎●◎○○●●　○○●　●○△

昆山词例：《江城子·某市非法匡地建高尔夫球场》
农田饭食国根垂，主荣衰，系安危。自古王朝兴
替每为饥，不识天高球乐者，巢蚁穴，损长堤。　四
千阡陌一锤推，蚀民粮，犯天规。百万农夫生计事燃
眉，海沸山腾民怨烈，当速止，莫迟疑。

八七、连理枝（70）

双调七十字，前后阕各七句，四仄韵。

古代词例：李白
雪盖宫楼闭，罗幕昏金翠。斗压阑干，香心淡薄，
◎●○○▲　⊙●○○▲　◎◎⊙⊙　⊙○●●

梅梢轻倚。喷宝猊香烬、麝烟浓,馥红绡翠被。　　浅
⊙○○▲　●○○○、●○○　●○○○▲　　◎
画云垂帔,点滴昭阳泪。咫尺宸居,君恩断绝,似遥
●○○▲　◎○◎○▲　◎○○○　◎○●●　◎○
千里。望水晶帘外、竹枝寒,守羊车未至。
⊙▲　●◎○○●、●○○　●○○○▲

清初词例:吴绮《连理枝》

恨煞兰舟荡,轻许罗衫放。胆怯空房,愁添满镜,
◎●○○▲　⊙●○○▲　⊙○⊙⊙　⊙○○●
是何离况。看床儿犹是、向时铺,怎今宵难上。　　犹
⊙○○▲　●◎○○⊙、●○○　●○◎○▲　　◎
记临行样,难把游踪望。落叶轻狂,残花冷淡,总成
●○○▲　◎●○○▲　○○○○　⊙○◎●　◎○
抛漾。只阶前蟋蟀、忒多情,到更深相傍。
⊙▲　●◎○○⊙、●○○　●○○○▲

昆山词例:《连理枝·芙蓉》

月闭千芳睡,日照新荷醉。绿衬红云,波光水影,
多情轻倚。露凌群山冷,看娇妆,比春光桃李。　　字
雁南迁徙,肃杀霜风起。野火烧秋,金英隐逸,木莲
垂泪。梦琼姬①归去。问曼卿②,笑将仙城指。

八八、千秋岁(71)

又名千秋节。双调七十一字,前后阕各八句,五仄韵。

---

①②传说琼姬是芙蓉城中仙女,石曼卿为芙蓉城城主。

中调（60—89字）

古代词例：秦观

柳边沙外，城郭轻寒退。花影乱，莺声碎。飘零
◎○⊙▲　⊙●○○▲　⊙◎●　○○▲　⊙○
疏酒盏，离别宽衣带。人不见，碧云暮合空相对。　忆
○●●　⊙●○○▲　○◎●　⊙●●○○▲　⊙
昔西池会，鸳鹭同飞盖。携手处，今谁在。日边清梦
●○○▲　⊙●○○▲　⊙◎●　○○▲　◎◎●
断，镜里朱颜改。春去也，落红万点愁如海。
●　◎●○○▲　○◎●　◎○●●○○▲

附：千秋岁引（82）

双调八十二字，前阕八句四仄韵，后阕八句五仄韵。

古代词例：王安石

别馆寒砧，孤城画角。一派秋声入寥廓。东归燕
◎●○○　○○●▲　●●○○●○▲　○○●
从海上去，南来雁向沙头落。楚台风，庾楼月，宛如
⊙◎●●　○○●●○○▲　●○○　●○●　◎○
昨。　无奈被些名利缚，无奈被他情担阁。可惜风
▲　　⊙●●○○●▲　⊙●●○○○▲　◎●○
流总闲却。当初漫留华表语，而今误我秦楼约。梦阑
○●○▲　○○⊙○○●●　○○●●○○▲　◎○
时，酒醒后，思量着。
⊙　●●●　○○▲

近代词例：汪东《千秋岁引·梦秋词》

室掩炉熏,帘烘画烛。一见能教妾心足。葡萄映
◎●⊙○　○○●●▲　●●○○●○▲　○○●
唇久鬶酿,杨枝寓意新翻曲。紫香囊,锦缠袜,在郎
⊙○○●　⊙○●●○○▲　●○○　●○●　○⊙
目。　　何计劝君留信宿,梁燕定巢人归速,浅拂津
▲　　　⊙●◎○○●●　○●●○○○●　●●○
亭柳垂绿。楼头怕闻莺语,晥门前、并有骊歌促。钿
○●●▲　○○●○○●　●○○　●●○○▲　◎
筝危,绮弦断,胶难续。
⊙○　◎◎◎　○○●▲

昆山词例:《千秋岁·南园春晚》

霓虹桥外,凋落红芳带。魂归土,香难再。一帘
幽梦逝,十里风华改。花不见,萧萧草木无光彩。　舟
唱情天摆,台舞青春爱。侨村女,珠环戴。集围清树
侧[①],欢乐歌如海。三千界,贤愚各有神仙拜。

八九、粉蝶儿(72)

双调七十二字,前后阕各八句,四仄韵。

古代词例: 毛滂

雪遍梅花,素光都共奇绝。到窗前、认君时节。
◎●○○　◎⊙⊙○●▲　●○○　●○○▲
下重帏,香篆冷,兰膏明灭。梦悠扬,空绕断云残月。
●○○　⊙●●　○○○▲　●○○　○◎●○○▲

---

①清树侧:公园雇用侨女清除树边什草。

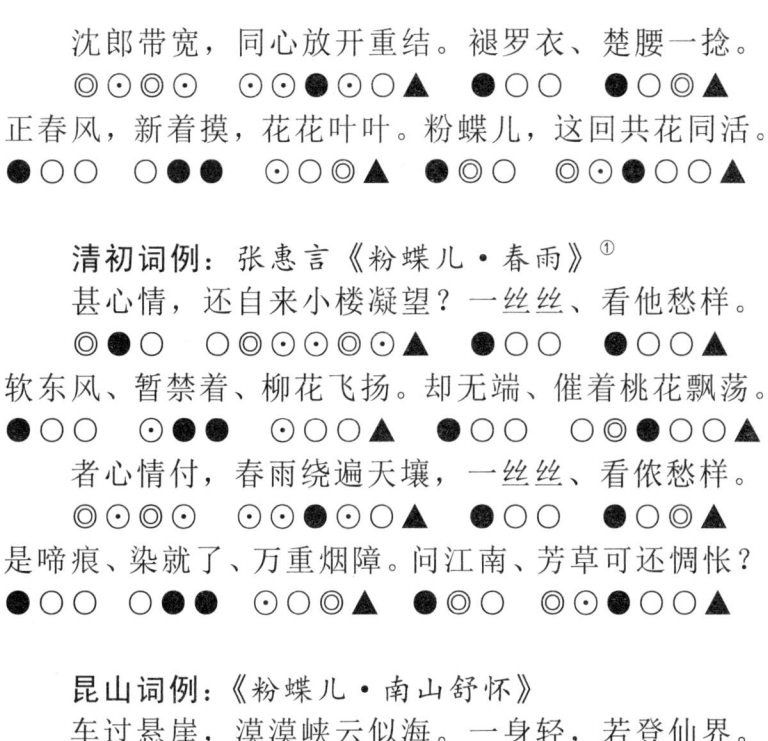

沈郎带宽，同心放开重结。褪罗衣、楚腰一捻。
◎·◎·　◎·●·○▲　●○○　●○◎▲
正春风，新着摸，花花叶叶。粉蝶儿，这回共花同活。
●○○　○●●　·○◎▲　●○○　◎·●○○▲

清初词例：张惠言《粉蝶儿·春雨》[1]
甚心情，还自来小楼凝望？一丝丝、看他愁样。
◎●○　○○·○○▲　●○○　●○○▲
软东风、暂禁着、柳花飞扬。却无端、催着桃花飘荡。
●○○　·●●　◎○◎▲　●○○　○◎◎▲
者心情付，春雨绕遍天壤，一丝丝、看侬愁样。
◎◎○·　○·●○○　●○○　●○○▲
是啼痕、染就了、万重烟障。问江南、芳草可还惆怅？
●○○　○●●　·○◎▲　●○○　◎·●○○▲

昆山词例：《粉蝶儿·南山舒怀》
车过悬崖，漠漠峡云似海。一身轻，若登仙界。
望巍峨，还认得、戚军关塞。灭倭顽，当年武威犹在。
乱蓬荒蒿，茫茫百朝千代。共沉埋，几多成败？
叹人生，终日里、功名情爱。到头来，一丘圣贤愚丐？

九〇、离亭燕（72）

又名离亭宴。双调七十二字，前后阕各六句，四仄韵。

---

[1] 下阕四、五句原为4、6，改为3、7。

古代词例：张升

一带江山如画，风物向秋潇洒。水浸碧天何处断，翠色冷光相射。蓼岸荻花洲，隐映竹篱茅舍。　　天际客帆高挂，门外酒旗低亚。多少六朝兴废事，尽入渔樵闲话。怅望倚危阑，红日无言西下。

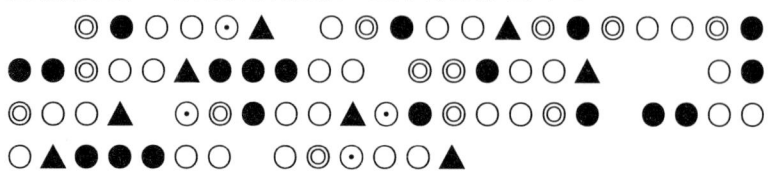

◎●○○⊙▲　○◎●○○▲◎●○○◎◎●
●●○○▲◎●　◎○●○○▲　　○
◎○○▲　⊙◎○○▲⊙◎○○◎　●●
○▲●◎○○　○○⊙○▲

清初词例：徐釚《离亭燕·偶忆》

记得鸦鬟初剪，娇晕额黄低浅。迭枕添香熏翠被，曾把鲛绡偷染。悄悄怕防闲，早被鹦哥听见。　　桂子樱桃呼遍。谁锁东风庭院。憔悴章台杨柳色，此际绿阴浓满。懊恼是西陵，牵惹离亭飞燕。

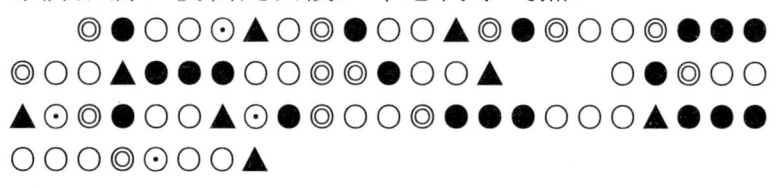

◎●○○⊙▲○○●○○▲◎●○○○●●
◎○○▲●●○○▲　　○●○○
▲⊙◎○○▲⊙●○○◎●○○▲○
○○○⊙○▲

昆山词例：《离亭燕·鹤岭春日》

万里花园香袤。千里碧池鱼跳。日照鹤峰浮紫气，百丈烟霞缥缈。七彩点山河，一片佛工神巧。　　天际茶歌声缭。疑是枕中[1]人笑。醉入竹林寻玉杵[2]，人面桃花芳杳。借笔学渊明，休让熏风吹老。

---

[1]枕中：枕中记，即黄粱梦。[2]玉杵：裴航云英故事。

九一、河满子（74）

又名何满子、断肠词、鹦鹉舌等。双调七十四字，前后阕各六句三平韵

古代词例：毛熙震

寂寞芳菲暗度，岁华如箭堪惊。缅想旧欢多少事，
◎●○○●● ●○○●○△ ●◎◎●○○●
转添春思难平。曲槛丝垂金柳，小窗弦断银筝。　深
⊙○◎●○△ ●●◎○◎● ◎○◎●○○　○
院空闻燕语，满园闲落花轻。一片相思休不得，忍教
●◎○○● ●○◎●○△ ◎●○○○●● ⊙○
长日愁生。谁见夕阳孤梦，觉来无限伤情。
○●○△ ○●●○○● ⊙○○●○△

近代词例：沈善宝《何满子·寒闺》

帘幙低垂静夜，兰膏拨尽深更。灯影模糊梅影瘦，
◎●○○●● ●○◎●○△ ◎◎◎◎⊙○●
篆香暖拂云屏。已觉愁魂欲断，那堪雨又淋铃。　几
⊙○◎●○△ ●●◎○◎● ⊙◎○●○△　○
度思弹绿绮，谁家又理瑶筝。却罢残妆纤手冷，霜风
●◎○●● ◎○◎●○○ ◎○◎●○○●　⊙○
和月穿棂。无奈夜长人圈，熏笼倚到天明。
○●○△ ○●●○○ ⊙○○●○△

昆山词例：《河满子·白马名茶》

长在仙山白马，白云深处为家。习习仙风长髓骨，

滔滔云浪浇芽。夜饮天湖海雾,晨披仙国岚纱。　　身在太阳灯下,杀虫除病驱邪。广集山川灵与气,天成甘露名茶。驰骋万城千市,中华科技之花。

九二、风入松（76）

又名风入松慢、远山横。双调七十六字,前后阕各六句,四平韵。

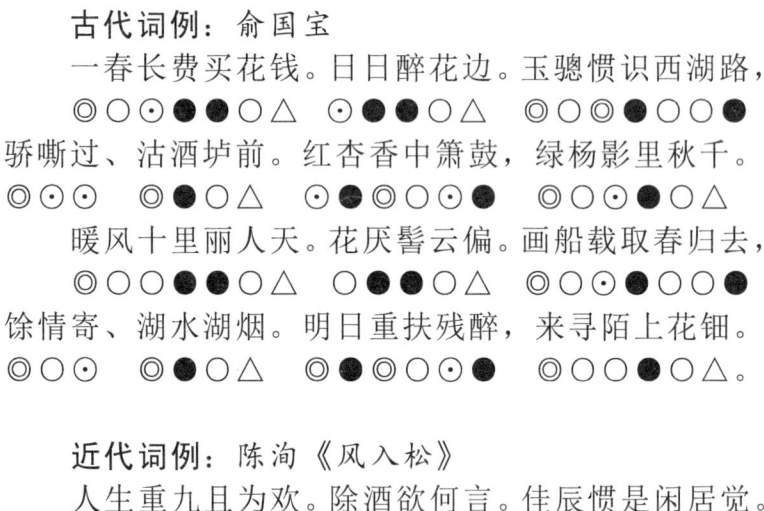

古代词例： 俞国宝

一春长费买花钱。日日醉花边。玉骢惯识西湖路,
◎○○●●○△ ⊙●●○△ ◎○◎●○○●
骄嘶过、沽酒垆前。红杏香中箫鼓,绿杨影里秋千。
◎⊙● ◎●○△ ⊙●◎○◎● ◎○◎●○△

暖风十里丽人天。花厌髻云偏。画船载取春归去,
◎○◎●●○△ ○●●○△ ◎○◎●○○●
馀情寄、湖水湖烟。明日重扶残醉,来寻陌上花钿。
◎○● ◎●○△ ◎●○○◎● ◎○◎●○△

近代词例： 陈洵《风入松》

人生重九且为欢。除酒欲何言。佳辰惯是闲居觉。
◎○◎●●○△ ⊙●●○△ ◎○◎●○○●
悠然想、今古无端。几处登临多事。吾庐俯仰常宽。
◎⊙● ◎●○△ ⊙●◎○◎● ◎○◎●○△

菊花全不厌衰颜。一岁一回看。白头亲友垂垂尽。
◎○◎●●○△ ⊙●●○△ ◎○◎●○○●
尊前问、心素应难。败壁哀蛩休诉。雁声无限江山。
◎○● ◎●○△ ◎●○○◎● ◎○◎●○△

昆山词例：《风入松·山村春日》

晨霞绿柳探纱窗。风舞蝶双双。黄莺晓啭声声紧，衔泥燕，直剪寒江。半岭桃枝红俏，一桥流水淙淙。

酒阑歌罢月幢幢。罗鼓把神扛。千家鞭炮行香客，宫帏里，高烛银釭。岩洞惊飞宿鸟，田头吠起群龙。

九三、御街行（76）

又名孤雁儿，双调七十六字，前后阕各七句，四仄韵。

古代词例： 柳永

燔柴烟断星河曙，宝辇回天步。端门羽卫簇雕阑，
⊙○⊙●○○▲　◎●○○▲　⊙○⊙●●○○
六乐舜韶先举。鹤书飞下，鸡竿高耸，恩露均寰宇。
◎●◎○▲　○○⊙●　⊙○○●　⊙○○●▲

赤霜袍烂飘香雾，喜色成春煦。九仪三事仰天颜，
◎○○●○○▲　◎●○○▲　⊙○○●●○○
八彩旋生眉宇。椿龄无尽，萝图有庆，常作乾坤主。
◎●◎○○▲　○○⊙●　⊙○⊙●　⊙●○○▲

近代词例： 王鹏运《御街行》

轻盈不傍朱楼舞。古道禁风雨，不知留眼为谁青，
⊙○⊙●○○▲　◎●○○▲　⊙○○●●○○
似尔阅人良苦。东西南北，马嘶尘起，有恨常分取。
◎●◎○○▲　○○⊙●　⊙○⊙●　⊙●○○▲

天涯今日多歧路。莫引游骢误，等闲已惯惹离愁，
◎○◎●○○▲　●●○○▲　◎●●●●○○

那更飞花飞絮。夕阳三尺，鹧鸪啼上，此际谁怜汝。
◎●◎○⊙▲　⊙○○● ⊙○○●　◎●○○▲

昆山词例：《御街行·春思》
远山水上浮云绕。孤鹜云中渺。湖塘雨后听蛙鸣。唤醒长堤青草。堂前飞燕，岸边垂柳，又报春来到。

青山未遍人先老。恨不读书早。无成一事鬓垂霜，留与儿孙多少？家徒四壁，清风两袖，唯有诗书稿。

九四、祝英台近（77）

又名月底修萧谱等。双调七十七字，前阕八句三仄韵，后阕八句四仄韵。

古代词例：辛弃疾
宝钗分，桃叶渡。烟柳暗南浦。怕上层楼，十日
●○○　⊙○●　⊙○○●▲　◎●○○　⊙○
九风雨。断肠片片飞红，都无人管，倩谁唤、流莺声
◎⊙▲　◎●●●○○　◎○○●　◎○●　○○○
住。　　鬓边觑。试把花卜心期，才簪又重数。罗帐
▲　　　●⊙▲　⊙○○●●　○○●○▲　⊙●
灯昏，呜咽梦中语。是他春带愁来，春归何处。却不
○○　⊙●●○▲　⊙○○●○○　⊙○○●　◎●
解、将愁归去。
◎　⊙○⊙▲

近代词例：朱孝臧《祝英台近》

中调（60—89字）

烛花凉，炉穗重，妆面半帘记。罗扇恩疏，消得
●○○　⊙◎●　⊙●◎○▲　◎●○○　⊙◎
锦机字。绝怜宽褪春衫，窄偎秋被，楚云重、梦扶不
◎⊙▲　◎⊙⊙●○○　◎○⊙●　◎○●　◎○⊙
起。　　酒边事。因甚一夕离惊，潘鬓竟星矣。相忆
▲　　　●⊙▲　⊙◎●⊙○○　⊙◎◎○▲　⊙●
无凭，相怜又无计。愿将心化圆冰，层层折折，照伊
○○　⊙◎●○▲　●⊙◎○○　⊙●●●　⊙◎
到、画屏山底。
◎　◎○⊙▲

昆山词例：《祝英台近·人别落花路》
月朦胧，星暗渡，人别落花路。相对无言，只有
泪如注。十年梦断关山，寻他百度。总难识，云深何
处？　　逐狼虎。春华重返人寰，忠魂照天舞。新竹
新松，芳香满兰圃。奈何两鬓青霜，一头白雾。饭能
否？再挥三斧。

九五、一丛花（78）

又名一丛花令。双调七十八字，前后阕各七句，四平韵。

古代词例：苏轼
今年春浅腊侵年，冰雪破春妍。东风有信无人见，
　　　　　　　⊙○⊙●●○△　○●●○△　○○●●○●
露微意、柳际花边。寒夜纵长，孤衾易暖，钟鼓渐清
●⊙◎　◎●●○△　⊙○◎⊙　⊙○○●　○●●○

圆。　　朝来初日半含山，楼阁淡疏烟。游人便作寻
△　　　⊙○⊙●●○△　　⊙●○●○△　⊙○◉●○
芳计，小桃杏、应已争先。衰病少情，疏慵自放，惟
○●　⊙●◉　⊙●○△　⊙●◉○　⊙○◉●　⊙
爱日高眠。
●●○△

近代词例：王鹏运《一丛花》
睡乡安稳夜如年。灯乳缀花妍。虚堂漏定吟魂悄，
⊙○⊙●●○△　○●●○△　⊙○⊙●○○●
枕函静、思落谁边。罗幌徘徊，纹疏皎洁，应是月轮
●⊙◉　⊙●○△　⊙●○○　⊙○⊙●　⊙●●○
圆。　　薄寒依约上屏山。尘梦淡于烟。老怀不耐鸡
△　　　●○⊙●●○△　○●●○△　⊙○⊙●○
声恶，尽长路、鞭影争先。为报邻钟，暂时休打、容
○●　●○●　○●○△　⊙●○○　⊙○⊙●　⊙
我五更眠。
●●○△

近代词例二：黄燮清《一丛花·游皇觉寺》
临江萧寺夕阳中。垂柳舣孤篷。幽廊细径无人到，
⊙○⊙●●○△　○●●○△　⊙○⊙●○○●
透春信、偏有东风。天女散成，维摩拈出，色相总难
●⊙◉　⊙●○△　⊙●○○　⊙○⊙●　⊙●●○
空。　　华严七宝斗玲珑。喷作杜鹃红。茶烟未许禅
△　　　⊙○⊙●●○△　○●●○△　⊙○⊙●○
心定，又堆起、锦帐珠丛。巾上唾痕，衫边啼晕，应
○●　●○●　⊙●○△　⊙○⊙●　⊙○⊙●　⊙

与此花同。
●●○△

昆山词例：《一丛花·南湖之晨》
湖山塔上碧霞飞。水下鲫鱼肥。一群鸥鹭湖边逐，为争食，悉展英姿。来早钓翁，长坐青石，晨露已沾衣。　　远桥横笛乘风吹。侨女舞歌回。娇声蒙得人如醉，望湖水，忽起涟漪。莫是沉魂，今临盛世，闻曲正思归？

九六、红林檎近（79）

双调七十九字，前阕八句五平韵，后阕七句三平韵。

古代词例：周邦彦
高柳春才软，冻梅寒更香。暮雪助清峭，玉尘散
⊙●⊙○●　◎○○○△　◎○●⊙●　◎○●
林塘。那堪飘风递冷，故遣度幕穿窗。似欲料理新妆，
○△　◎⊙·⊙○●●　◎○◎○○△　◎◎○●○△
呵手弄丝簧。　　冷落词赋客，萧索水云乡。援毫授
○◎●○△　　◎●○●●　○●●○△　⊙○●
简，风流犹忆东梁。望虚檐徐转，回廊未扫，夜长莫
●　○○○⊙●△　●○○⊙·●　○○●●　●○○
惜空酒觞。
●○●△

近代词例：朱孝臧《红林檎近》

分笼樱初罢,系枝铃仁圆。素手芦新雨,霏香乱
⊙●⊙○● ○○●○△ ○●⊙○● ◎○●
瑛盘。东园西园载酒,坐想露嚼风餐。旧约曾聚雕鞍。
○△ ◎○◎○●● ●○●○△ ◎●○○○△
花里闭门看。　　缀蜡书未达,缄刵味馀酸。相如赋
○◎●○△ 　　●●○●● ⊙●●○△ ⊙○●
懒,渴怀愁绝眉山。胜天涯春老,堂阴翠晚,梦魂还
● ○●○●○△ ●⊙○⊙● ○⊙●● ●○◎
泊湖上船。
●○●△

昆山词例：《红林檎近·古村春日》

紫燕穿晨雾,黄莺鸣彩霞。堤岸绿枯草,柳稍放新芽。酣梦未穷玉枕,旭日已照窗纱。老父寻找锄耙。浇菜又栽瓜。　　烧茶迎贵客,煮酒看桃花。千杯未尽,人人扶老携娃。古村迎春日,龙灯狮舞,笛箫琴曲闻万家。

九七、金人捧露盘（79）

又名铜人捧露盘、上西平、西平曲。双调79字,前阕8句五平韵,后阕9句四平韵。

古代词例：高观国

念瑶姬,翻瑶佩,下瑶池。冷香梦、吹上南枝。
●○△ ○⊙● ●○△ ⊙●⊙ ⊙●△
罗浮梦杳,忆曾清晓见仙姿。天寒翠袖,可怜是、倚
⊙○●● ●○○●●○△ ⊙○●● ●○●

竹依依。　　溪痕浅，雪痕冻，月痕淡，粉痕微。江
●○△　　　⊙○◎　◎●◎　⊙⊙●　●○△　⊙
楼怨、一笛休吹。芳音待寄，玉堂烟驿两凄迷。新愁
⊙●　◎●○△　⊙●◎◎　◎○○●●○△　⊙○
万斛，为春瘦、却怕春知。
◎●　●⊙○　◎●○△

近代词例：况周颐《金人捧露盘》
　恁娉婷，真不染，世间尘。似静女、晓镜妆新。
　●○△　○⊙●　●○△　●⊙●　⊙●○△
当楼映幕，未烦初日助风神。拒霜高格，与东篱、傲
⊙○●●　●●○●●○△　●○○●　●○◎　●
骨同论。　　梦江头，搴木末，谁手把，寄夫君。旧
●○△　　　⊙○◎　◎●◎　⊙⊙●　●○△　⊙
情在、麝度微熏。集裳欲问，水花莫误注骚人。后开
○●　◎●○△　⊙●◎◎　◎○○●●○△　⊙○
随分，向西风、展尽红鼙。
◎●　●⊙○　◎●○△

昆山词例：《金人捧露盘·上元陈靖姑日》
　锦灯燎，龙灯舞，炮灯飘。铁基连，过路高跷。
奶娘显圣，绿男红女竞折腰。千秋临水、上元日，烛
照通宵。　　春花红，夏花俏，秋花落，雪花凋。风
骚短，吴市吹箫。卧薪尝胆，今人谁拜越王桥。江山
成败，不如个，斩鬼除妖。

九八、最高楼（81）

又名醉高春。双调八十一字，前阕八句四平韵，后阕八句两仄韵、三平韵。

古代词例：辛弃疾

花知否，花一似何郎，又似沈东阳。瘦棱棱地天
○⊙●　○⊙●○△　◎◎●○△　◎◎◎○
然白，冷清清地许多香。笑东君，还又向，北枝忙。
○●　◎◎○●●○△　●○○　○●●　●○△

着一阵、霙时间底雪，更一个、缺些儿底月。山
◎●●　◎○○●▲　◎●●　○○○●▲　⊙
下路、水边墙。风流怕有人知处，影儿守定竹旁厢。
●●　●○△　○○●●○○●　◎○◎●●○△
且饶他，桃李趁，少年场。
●○○　○●●　●○△

近代词例：况周颐《最高楼》

风和雨，呜咽似骊歌。芳节惜蹉跎。高楼何况闻
○○●　⊙●●○△　◎◎●○△　◎◎◎◎
鸿雁，重衾生怕梦山河。说伤心，应更比，送春多。
○●　◎◎○●●○△　●○○　○●●　●○△

钟未到、尚余梧几叶。更欲断、最怜花寸蜡。霜
◎●●　◎○○●▲　●●●　◎◎○●▲　⊙
晚腕，鬓消磨。西风树到无声苦，东篱菊亦奈愁何。
◎●　●●△　○○●●○○●　○○●●●○△

剩凄清，今夕也，等闲过。
●○○　○●●　●○△

昆山词例：《最高楼（通叶格）·节日守妇》
　　龙狮舞，罗鼓震窗纱。十里亮虹霞。香车千辆屏高店，烟花万串走天涯。彩灯红，垂锦绿，尽繁华。
　　忆是夕，相逢灯火下。誓旦旦，衷肠多少话。琴瑟老，换琵琶、楼门风响机①中寂，枕衾泪照月西斜。镜中人，宵夜冷，在谁家？

九九、蓦山溪（82）

又名上阳春。双调八十二字，前后阕各九句，三仄韵。

古代词例：程垓
老来风味，是事都无可。只爱小书舟，剩围着、
◎○⊙●　◎●●○▲　◎◎●○○　◎⊙·
琅玕几个。呼风约月，随分乐生涯，不羡富，不忧贫，
⊙○◎▲　⊙○◎●　◎●●○○　◎○○　◎⊙·
不怕乌蟾堕。　　三杯径醉，转觉乾坤大。醉后百篇
◎●○○▲　　⊙○○●　◎●○●▲　◎○●●
诗，尽从他、龙吟鹤和。升沉万事，还与本来天，青
○　◎⊙·　⊙○◎▲　⊙○◎●　⊙●●○　○
云上，白云间，一任安排我。
⊙◎　●○○　◎●○○▲

---

①机：手机。

近代词例：朱孝臧《蓦山溪》

哀弦促拍，衮遍尹州破。谁换小梅花，梦横枝、
◎○○●　◎●●○▲　○○●○○　●○○
夜寒香妥。年时风雪，三九最关情。修竹外，绮窗前，
⊙○○▲　⊙○○●　⊙●●○○　○○●　○○○
几许闲功课。　如今憔悴，花抵人愁么。已半醉如
◎●○○▲　　○○○●　○●●○▲　●●●○
泥，甚尊前、犹分蛉蠃。江南书到，鸥鹭尚平安。双
○　◎⊙○　◎○○▲　○○○●　○●●○○　○
蜡屐，一渔蓑，何日真还我。
⊙◎　●●○　◎●●○▲

昆山词例：《蓦山溪·山寺避雨》

黑云浓集，古树枝桠摇。谷野鸟惊飞，暴风雨、匆匆来到。投奔山寺，大殿内空空，灯烛明，三机唱，堂外经声绕。　风停雨息，落叶残枝罩。信女结群来，路难行，赶忙帮扫。门前僧现，似睡眼惺忪，旁弥勒、好开怀，安识朝谁笑。

注：三机，三用机。

一〇〇、洞仙歌（83）

又名羽仙歌、洞仙词、洞中仙等。双调八十三字，前阕六句三仄韵，后阕七句三仄韵。

古代词例：苏轼

冰肌玉骨，自清凉无汗，水殿风来暗香满。绣帘
⊙○○● ◎⊙○▲ ◎●○●●○▲ ●○
开、一点明月窥人，人未寝，欹枕钗横鬓乱。　　起
○ ◎●◎●○ ⊙◎● ⊙●○○▲ ◎
来携素手，庭户无声，时见疏星渡河汉。试问夜如何、
○○◎● ⊙●○○ ⊙●○○●○▲ ●◎⊙⊙
夜已三更，金波淡、玉绳低转。但屈指、西风几时来，
◎●○○ ○○● ◎○○▲ ◎○○ ⊙⊙●○
又不道、流年暗中偷换。
◎◎● ○○●○○▲

近代词例：朱孝臧《洞仙歌》[①]

年年明月，照高楼无恙。只是清宵易惆怅。算姮
⊙○○● ◎⊙○▲ ◎●○●●○▲ ●○
娥识我，不为闲愁，飞动意，把盏凄然北向。　　酒
○◎● ⊙●○○ ⊙◎● ⊙●○○◎▲ ◎
醒乌鹊起，一碧云罗，遥指虚无断征鞅。知道有前期，
⊙○◎● ⊙●○○ ⊙●○○●○▲ ●●○○
对影闻声，甚邈隔、万重山样。须信是、琼楼不胜寒，
◎●○○ ⊙○● ◎○○▲ ◎○○ ⊙⊙●○
犹自有愁人，白头吟望。
◎◎●○○●○○▲

昆山词例：《洞仙歌·天湖渔火》

兰舟下泊，正湖山岚暮、阵阵渔歌笑声聚。月朦

[①]结句，原3、6，改5、4。

胧,造影螺壳金龟、仙人画①,关老②长朋鸥鹭。　　波风摇棹火,点点星星,疑是周郎箭船布。问喜鹊天桥,广宇茫茫,曾误否,佳期云雨?着一代、新人筑琼楼,把海上、牛郎尽迁天府。

---

①螺壳、金龟、仙人画,均系三都澳海上景点。②关老:仙人画中有关公图像。

长调

(90字以上)

一〇一、满江红（93）

双调九十三字，前阕八句四仄韵，后阕十句五仄韵。

古代词例：岳飞

怒发冲冠、凭阑处，潇潇雨歇。抬望眼，仰天长
◎●○○　⊙○●　⊙○○▲　⊙○●　○○○
啸，壮怀激烈。三十功名尘与土，八千里路云和月。
●　⊙○○▲　○○⊙○○●●　◎○⊙●○○▲
莫等闲，白了少年头，空悲切。　　靖康耻，犹未雪，
●⊙○　⊙●⊙○○　○○▲　　　●⊙●　○●●
臣子恨，何时灭，驾长车踏破，贺兰山缺。壮志饥餐
○◎●　○○●　⊙○○●●　●○○▲　●●○○
胡房肉，笑谈渴饮匈奴血。待从头，收拾旧山河，朝
○●●　○○●●○○▲　●⊙○　○●●○○　○
天阙。
○▲

近代词例：黄燮清《满江红·语溪道中》

小别杭州，烟树外、乱山眉蹙。怕回首，酒香灯
◎●○○　⊙○●　⊙○○▲　⊙○◎　○○⊙
炧，粉红鬟绿。斜月半篷诗境冷，西风两岸秋声足。
●　◎○○▲　◎○●⊙○●●　◎○⊙●○○▲
剩前宵、残梦不曾完，今宵续。　　弦旧谱，囊中玉。
●⊙○　⊙●●○○　○○▲　　　○⊙●　○◎▲
飘瘦影，窗中烛。望吾庐何处，碧云修竹。越水莼鲈
○○●　○○▲　◎○⊙○●　●○○▲　⊙●○○

归计得，吴娃丝管乡音熟。唱南朝，三十六鸳鸯，相
思曲。

现代词例：毛泽东《满江红》

小小寰球，有几个、苍蝇碰壁。嗡嗡叫，几声凄
厉，几声抽泣。蚂蚁缘槐夸大国，蚍蜉撼树谈何易。
正西风、落叶下长安，飞鸣镝。　　多少事，从来急；
天地转，光阴迫。一万年太久，只争朝夕。四海翻腾
云水怒，五洲震荡风雷激。要扫除、一切害人虫，全
无敌。

昆山词例：《满江红·威远怀古》

壬午秋，伴友重游虎门销烟馆及威远炮台[1]，听
讲解员"落后挨打，腐败亡国"讲解后，感触颇深。

万顷烟波、穿鼻[2]水，浪花怒激。难淘尽，庸官
懦将，当年败绩。鸦片香馋夷盗嘴，黄金赔跪昏君膝。
武备沦，洋炮逞淫威，关山黑。　　民族恨，英烈迹。
乾坤转，干戈息。高台存古炮，警钟长击：腐吏弄权

---

[1]威远炮台：在广东虎门。[2]穿鼻洋：在虎门珠江口，鸦片
战争主战场。

邦国辱，科研落后强梁逼。看今贤，铁笔点江天，飞虹[①]立。

附：满江红（二）（平韵）（93）

双调九十三字，前阕八句四平韵，后阕十句五平韵。

古代词例：姜夔
仙姥来时，正一望、千顷翠澜。旌旗与、乱云俱
⊙●○○　◎◎●　○◎●△　○◎●　◎○⊙
下，依约前山。命驾群龙金作辂，相从诸娣玉为冠。
●　⊙●○△　◎●◎○○●●　⊙○◎●●○△
向夜深、风定悄无人，闻佩环。　神奇处，君试看。
●◎○　⊙●●○　○◎●△　　○⊙●　◎○△
奠淮右，阻江南。遣六丁雷电，别守东关。应笑英雄
◎⊙●　●○△　●◎○⊙●　◎●◎△　◎●○○
无好手，一篙春水走曹瞒。又怎知、人在小江楼，帘
○●●　◎○○●●○△　●○○　○●●○○　○
影间。
●△

昆山词例：《满江红·游三都澳》
电掣风驰，舟跃处，波展浪开。银光闪，金龟螺壳，一片亭台。秦女歌吟生雾霭，海鸥欢舞乐儿孩。问渔郎：何处觅桃林？陶令栽。　邦国弱，黎庶哀。三都水，踞狼豺。掳掠连烧杀，处处阴霾。五亿神州

[①]飞虹：虎门跨海大桥。1999年建成，工程雄伟壮丽。

齐奋起，不容铜雀锁群钗？喜今贤，带我越高云，登九陔。

一〇二、雪梅香（94）

双调九十四字，前阕九句四平韵，后阕十一句五平韵。

古代词例： 柳永

景萧索，危楼独立面晴空。动悲秋情绪，当时宋
●〇● 〇〇◎●●〇△ ●〇〇〇● ⊙〇
玉应同。渔市孤烟袅寒碧，水村残叶舞愁红。楚天阔，
●〇△ 〇●〇〇⊙〇● ●〇〇●●〇△ ◎〇●
浪浸斜阳，千里溶溶。　　临风。想佳丽，别后愁颜，
●●〇〇 ⊙●〇△ 　〇△ ●〇● ●●〇〇
镇敛眉峰。可惜当年，顿乖雨迹云踪。雅态妍姿正欢
●●〇△ ◎●〇〇 ●〇●●〇△ ◎●〇〇●〇
洽，落花流水忽西东。无憀意，尽把相思，分付征鸿。
● ●〇〇●●〇△ 〇〇● ●●〇〇 ⊙●〇△

近代词例： 朱孝臧《雪梅香》

酒无力，凭舷独客背西风。为高楼怊怅，天边易
●〇● 〇〇●●●〇△ ●〇〇〇● ⊙〇●
发秋慵。收艇汀洲雨连夕，近桥帘幕水涵空。去程急、
●〇△ 〇●〇〇●〇● ●〇〇●●〇△ ◎〇●
盼断书期，迤逦宾鸿。　　匆匆。引离绪、烛外行云，
●●〇〇 ⊙●〇△ 　〇△ ●〇● ●●〇〇
淡画吴峰。旧国年芳，换将乱叶衰红。浼地惊波古城
●●〇△ ◎●〇〇 ●〇●●〇△ ◎●〇〇●〇⊙

长调（90字以上） 123

曲，来年愁梦卧屏中。依前是、倦枕沉沉，魂断疏钟。
●　◎○○●●○△　○○●　●●○○　⊙○●○△

昆山词例：《雪梅香·噩梦》
朔风号，冰河铁马逐空来。望城乡郊野，头颅、热血、枯骸。楼阁亭台成瓦砾，管琴书画化尘埃。只余下，满目瘴烟，遍地狼豺。　云开！月华现，恶耗随风，惨幕常怀。自庆今时，太平盛世无灾。画栋雕梁防蠹蛀，水浮舟覆教儿孩。谋华夏，海阔天长，千载和谐。

一〇三、水调歌头（95）

双调九十五字，前阕九句四平韵，后阕十句四平韵。

古代词例：苏轼《水调歌头·明月几时有》
明月几时有？把酒问青天。不知天上宫阙，今夕
◎⊙○●　　●●●○△　　⊙○○●●◎　○●
是何年。我欲乘风归去，又恐琼楼玉宇，高处不胜寒。
●○△　◎●○○◎●　◎●○○●●　○●●○△
起舞弄清影，何似在人间。　转朱阁，低绮户，照
⊙●●○●　　○●●○△　　⊙○●　○●●　●
无眠。不应有恨，何事长向别时圆？人有悲欢离合，
○△　●○●●　○●○●●○△　○●○○○●
月有阴晴圆缺，此事古难全。但愿人长久，千里共婵
⊙●○○○●　●●●○△　◎●○○●　○●●○
娟。
△

近代词例：陈匪石《水调歌头》

寥廓此天地，目送夕阳迟。玉龙哀怨吹彻，杨柳又丝丝。几尺淞波新涨，十载吴宫残梦，依约白云飞。执手两无语，帘外鹧鸪啼。　　星辰夜，山河影，为谁悲。隔年乳燕，门巷犹自认乌衣。歧路天涯愁满，别泪花间弹尽，难得醉中归。出海云霞曙，盈耳早春词。

现代词例：毛泽东《水调歌头·游泳》

才饮长沙水，又食武昌鱼。万里长江横渡，极目楚天舒。不管风吹浪打，胜似闲庭信步，今日得宽馀。子在川上曰：逝者如斯夫！　　风樯动，龟蛇静，起宏图。一桥飞架南北，天堑变通途。更立西江石壁，截断巫山云雨，高峡出平湖。神女应无恙，当惊世界殊。

昆山词例：《水调歌头·梦》

除夕团圆夜，酩酊入儿时。爹娘肩列堂上，教读木兰诗。春日茶歌姐妹，秋夜龙灯伴侣，把手捉藏迷。竹马方传接，屋转子规啼。　　山朦胧，水惝恍，月沉西。茫茫半纪驹逝，骨肉早仙离。寻觅神台踪迹，探听狮宫烟雨，枕冷泪沾衣。两耳垂霜鬓，不可唱黄鸡。

一〇四、凤凰台上忆吹箫（95）

双调九十五字，前阕十句四平韵，后阕十一句五平韵。

古代词例： 李清照

香冷金猊，被翻红浪，起来慵自梳头。任宝奁尘
⊙●○○　◎●○●　◎○⊙●○△　●○○
满，日上帘钩。生怕离怀别苦，多少事、欲说还休。
●　◎●○△　○●○○●●　◎●●　◎●○△
新来瘦，非干病酒，不是悲秋。　　休休。这回去也，
○○●　○●●●　●●○△　　○△　●○●●
千万遍阳关，也则难留。念武陵人远，烟锁秦楼。惟
○◎●○○　◎●○△　●●○○●　○●○△　⊙
有楼前流水，应念我、终日凝眸。凝眸处，从今又添，
●○○○●　○◎●　○●○△　○○●　○○●○
一段新愁。
●●○△

近代词例： 谭献《凤凰台上忆吹箫》

瓜渚烟消,芜城月冷,何年重兴清游?对妆台明
⊙●○○　◎○○⊙●　◎○○⊙●○△　●●○○
镜,欲说还羞。多少东风过了,云缥缈、何处勾留?
●　◎●○△　○●○○●◎　○○●　◎●○△
都非旧,君还记否?吹梦西洲。　　悠悠,芒辰转眼,
○○●　○○●●　○●○△　　○△　◎●○●
谁料到而今,尽日楼头。念渡江人远,侬更添忧。天
○○◎●○　◎●○△　●●○○●　◎●○△　⊙
际音书久断,还望断、天际归舟。春回也!怎能教人,
●○○●●　○●●　○●○○　○○●　○○○○
●●○△
忘了闲愁?

昆山词例:《凤凰台上忆吹箫·竹骑龙灯》
竹骑龙灯,茶歌樵曲,几回秋夜春宵?运蹇寒云
恶,烟锁兰桥。难见阴山玉塞,辜负了、铁马金刀!
曾潦倒,求仙苟活,为米折腰。　　新潮,故槐叶冷,
而松柏葳蕤,桃李娇娆。百鸟朝歌日,情涌琼霄。人
世桑田沧海,寻常事,何必伤焦。抬头看,神鹰驾前,
一代天骄!

一〇五、满庭芳(95)

又名锁阳台,双调九十五字,前后阕各十句,四平韵。

古代词例: 晏几道
南苑吹花,西楼题叶,故园欢事重重。凭阑秋思,
⊙●○○　⊙●○●　◎○⊙●○△⊙○○●

长调（90字以上） 127

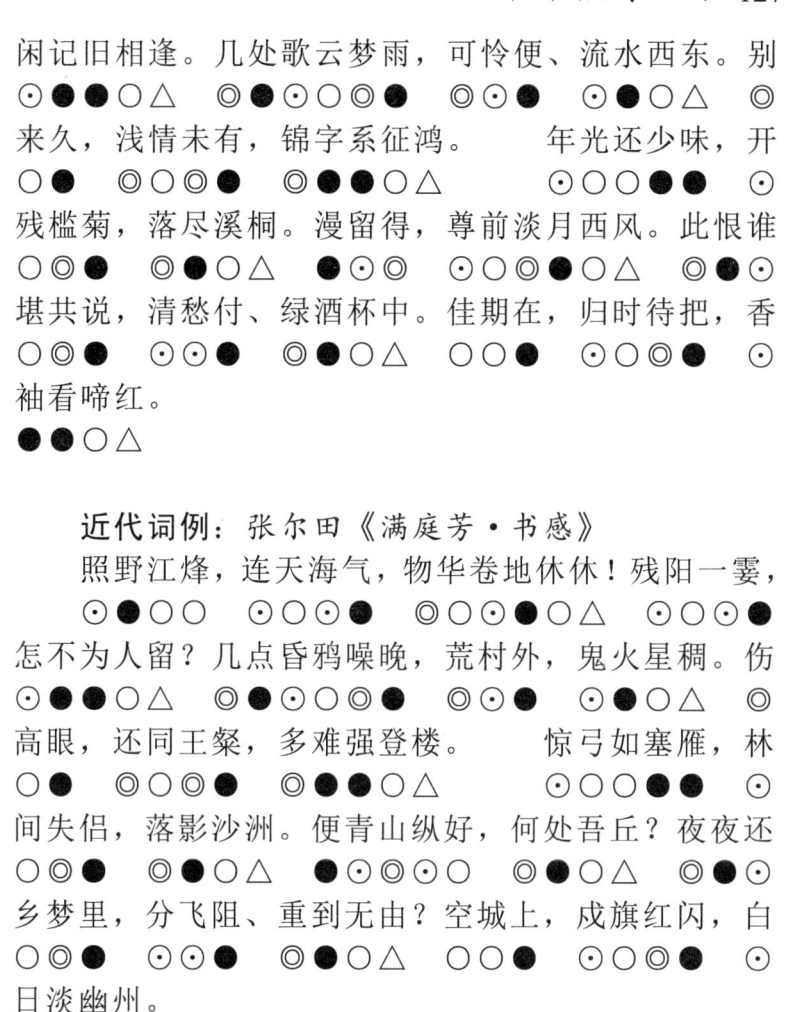

闲记旧相逢。几处歌云梦雨，可怜便、流水西东。别
⊙●●○△　◎●●○○●　◎⊙●　⊙●○△　◎
来久，浅情未有，锦字系征鸿。　年光还少味，开
○●　◎●●●　●●●○△　　⊙○○●●　⊙
残槛菊，落尽溪桐。漫留得，尊前淡月西风。此恨谁
○●●　●●○○　●○●　○○●●○△　⊙●⊙
堪共说，清愁付、绿酒杯中。佳期在，归时待把，香
○●●　○○●　●●○△　○○●　○○●●　⊙
袖看啼红。
●●○△

近代词例：张尔田《满庭芳·书感》
照野江烽，连天海气，物华卷地休休！残阳一霎，
⊙●○○　⊙○●●　◎○●●○△　⊙○○●
怎不为人留？几点昏鸦噪晚，荒村外，鬼火星稠。伤
⊙●●○△　◎●○○●●　⊙●●　●●○○　◎
高眼，还同王粲，多难强登楼。　惊弓如塞雁，林
○●　◎○○●　○●●○△　　⊙○○●●　⊙
间失侣，落影沙洲。便青山纵好，何处吾丘？夜夜还
○◎●　●●○○　●⊙○⊙●　◎●○△　◎●⊙
乡梦里，分飞阻、重到无由？空城上，戍旗红闪，白
○◎●　⊙●●　◎●○△　○○●　⊙●○●　⊙
日淡幽州。
●●○△

昆山词例：《锁阳台·电视剧〈京华烟云〉观后》
小屋红梅，高台翠柳，世间何物情真？户宽门阔，
出入不由身。爱恨恩仇怎了？倾一斗，玉石同焚！追
前辈，风传雨录，页页有啼痕。　新人今又叹：河

山绣锦，礼义沉沦。认黄金、爱巢暮楚朝秦。离合如灯走马？尊颜丑，莫对儿孙。清洋毒，家齐国治，振我九州魂。

一〇六、汉宫春（96）

双调九十六字，前后阕各九句，四平韵。

古代词例： 晁冲之

黯黯离怀，向东门系马，南浦移舟。熏风乱飞燕
◎●●○　●○○●●　○●○△　○○●●●
子，时下轻鸥。无情渭水，问谁教、日日东流。常是
●　⊙●○△　○○●●　●○⊙　●●○△　○●
送、行人去后，烟波一向离愁。　　回首旧游如梦，
●　⊙○●●　○○●●○△　　●●●○○●
记踏青携饮，拾翠狂游。无端彩云易散，覆水难收。
●○○⊙●　◎●○△　⊙○●○●●　◎●○△
风流未老，拼千金、重入扬州。应又似、当年载酒，
○○◎●　⊙○⊙　●○○△　○●●　⊙○◎●
依前明占青楼。
⊙○○⊙●○△

近代词例： 朱孝臧《汉宫春》

凄月三更，有思归残魄，啼𪃿能红。伤春几多泪
◎●○○　●●○○●　○●○△　○○●●⊙
点，吹渲栏东。绡巾揾湿，试潮妆、微发琼钟。新敕
●　⊙●○△　○○●●　●○⊙　●○○△　○●

长调（90字以上） 129

赐，一窠瑞锦，昭阳临镜犹慵。　　携榼却悭才思，
● ⊙○○◎　⊙○○●○△　　　⊙●○○●
惹津桥沉恨，撩乱花茸。芳华惯禁闲地，不怨东风。
●◎○●●　◎●○△　○○●●○●　◎●○△
鹤林梦短，委孤根、竹裂山空。三嗅拾馨香细泣，何
○○●●　⊙○○　●○△　○●●⊙○●　⊙
时添谱珍丛？
○⊙●○△

昆山词例：《汉宫春·悼叶于元①》
噩耗惊临，痛北河星殒，地振天倾。廿年荒原牧马，坎坷峥嵘。红颜白发，幸迎来、天晓鸡鸣。谁料得，童心未已，一坯土瘗精英。　　忆昔韩窗相聚，正风华绚丽，赤胆盈盈。空怀纵横大志，无地躬耕。明灯已灭，问黄泉，哪有来生？唯寄托，翩翩儿女，继承未尽鸿程。

一〇七、天香（96）

双调九十六字，前阕十句五仄韵，后阕八句六仄韵。

古代词例：贺铸
烟络横林，山沉远照，逦迤黄昏钟鼓。烛映帘栊，
⊙●○○　⊙○○●　⊙◎○⊙○▲　◎○●○

---

①叶于元：笔者中学时代同学，华东水利学院毕业，黑龙江省水利厅高级工程师，曾被误划"右派"。2003年4月出差上海病故。

蚕催机杼，共惹清秋风露。不眠思妇，齐应和、几声砧杵。惊动天涯倦客，骎骎岁华行暮。　　当年酒狂自负，谓东君、以春相付。流浪征骖北道，客樯南浦。幽恨无人晤语，赖明月、曾知旧游处。好伴云来，还将梦去。

近代词例：詹安泰《天香》

玉蕊浮雕，空王浪说，痴肥恼乱人意。梦捣龙鳞，携归湖草，不信孤根无寄。排云顾了，谁省识、哀弦激指。愁抱秋衣自忍，时时夜深惊起。　　依回露凉似水，碎秋魂、瘦红飘坠。何限故宫明月，故年心泪。一字筹边未试。算流恨、江山总词费。半幅生绡，相看甚世。

昆山词例：《天香·天女一幕》

万水鱼沉，千山月闭，还记当年楼阁。荒野披荆，云崖斩棘，几度花红花落。深情全托。教天女、豪情相搏。奋力九牛二虎，攀临玉城琼廓。　　奈何红颜命薄。本无求，江海蜗角。不意横潮来早，雪重风虐。搅得银池混浊。数雏凤、心寒奔他泊。大厦崩倾，凄然一幕。

一〇八、八声甘州（97）

双调九十七字，前后阕各九句，四平韵。

古代词例： 柳永

对潇潇暮雨洒江天，一番洗清秋。渐霜风凄紧，
●⊙○●●⊙○△　◎⊙●○△　●⊙○●
关河冷落，残照当楼。是处红衰翠减，苒苒物华休。
⊙○◎●　⊙●○△　●⊙○●●　◎●●○△
惟有长江水，无语东流。　不忍登高临远，望故乡
⊙●○○●　⊙●○△　◎●○○◎●　●○○
渺渺，归思难收。叹年来踪迹，何事苦淹留。想佳人、
◎●　⊙●○△　●○○◎●　⊙●●○△　●○⊙
妆楼长望，误几回、天际识归舟。争知我、倚阑干处，
⊙○⊙●　●◎○　⊙●●○△　○○●　◎○⊙●
正恁凝愁。
◎●○△

近代词例： 王鹏运《八声甘州·送伯愚都护之任乌里雅苏台》

是男儿、万里惯长征，临歧漫凄然。只榆关东去，
●⊙○　◎●●○△　◎⊙○○△　●⊙○●
沙虫猿鹤，莽莽烽烟。试问今谁健者？慷慨着先鞭。
⊙○○●　⊙●○△　◎●○⊙●　◎●●○△

且袖平戎策,乘传行边。　　老去惊心鼙鼓,叹无多
⊙●○● 　⊙●○△ 　　◎●⊙●● 　●◎
哀乐,换了华颠。尽雄虺琐琐,呵壁问苍天。认参差、
◎● 　⊙●○△ 　●⊙●⊙● 　⊙●●○△ 　●⊙●
神京乔木,愿锋车、归及中兴年。休回首,算中宵月,
⊙○⊙● 　●○○ 　⊙●○○△ 　○⊙● 　◎○○●
犹照居延。
◎●○△

昆山词例:《八声甘州·水濂①眺瞰》
白浓浓、雾霭锁寒江,仙峡虎龙藏。叹江山数代,披肝沥胆,血溅玄黄。风雨羊肠长夜,不见路康庄。蓬岛舟何去?烟水茫茫!　　历史强人挥笔,把干移坤换,再造南疆。着千山虬画,点万水莺翔。五洲帆,雄跨环宇,四海花,香遍粤城乡。天人共,举千秋烛,高唱虞唐。

一〇九、长亭怨慢(97)

或称长亭怨,双调九十七字,前后阕各九句,五仄韵。

古代词例:姜夔
渐吹尽、枝头香絮,是处人家,绿深门户。远浦
●⊙● 　⊙○⊙▲ 　◎○○● 　●⊙○▲ 　●●
萦回,暮帆零乱向何处。阅人多矣,谁得似、长亭树。
○○ 　◎○◎●●○▲ 　●○○● 　○●● 　○○▲

———
①水濂山:东莞名胜地。

长调（90字以上） 133

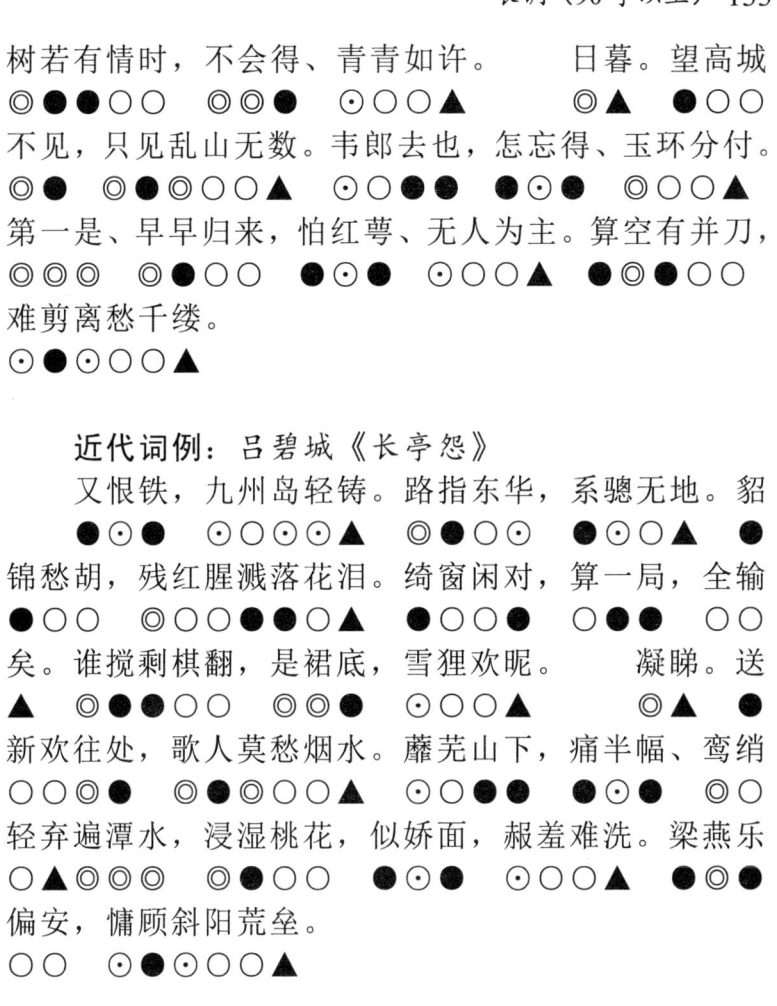

树若有情时，不会得、青青如许。　　日暮。望高城
◎●○○　　◎◎●　⊙○○▲　　　◎▲　●○○
不见，只见乱山无数。韦郎去也，怎忘得、玉环分付。
◎●　◎●◎○▲　⊙○○●　●⊙●　◎○○▲
第一是、早早归来，怕红萼、无人为主。算空有并刀，
◎○◎　◎●○○　●○◎　○○○▲　●◎○○
难剪离愁千缕。
⊙●⊙○○▲

近代词例：吕碧城《长亭怨》
又恨铁，九州岛轻铸。路指东华，系骢无地。貂
●⊙●　◎○○▲　●○○⊙　●○○▲　●
锦愁胡，残红腥溅落花泪。绮窗闲对，算一局，全输
●○○　○○●●▲　●○○●　●○●　○○
矣。谁搅剩棋翻，是裙底，雪狸欢昵。　　凝睇。送
▲　◎●●○○　●○●　⊙○○▲　　◎▲　●
新欢往处，歌人莫愁烟水。蘼芜山下，痛半幅、鸾绡
○○◎●　◎○◎○○▲　⊙○○●　●⊙●　○○
轻弃遍潭水，浸湿桃花，似娇面、赧羞难洗。梁燕乐
○▲◎○○　◎◎●●　●⊙●　⊙○○▲　●◎●
偏安，慵顾斜阳荒垒。
○○　⊙●⊙○○▲

昆山词例：《长亭怨慢·穆加贝的悲哀》
斗帝殖、栉风沐雨。牢底坐穿，宿霜眠露。四十
余年，扬鞭挥剑面狼舞。政坛波涌，终不倒、长青树。
功比扎罗峰[①]，谁敢惹、非洲雄虎。　　时暮。上琼

[①]扎罗峰：乞力马扎罗山，非洲最高峰。

楼高阁，竟忘了民间苦。穷挥极霍，浑不顾，水浮舟附。逐良朋、导致亲离。立家丽、横招众怒。悔教失江山，今日美人何去？

一一〇、醉蓬莱（97）

双调九十七字，前阕十一句四仄韵，后阕十二句四仄韵。

古代词例：柳永

渐亭皋叶下，陇首云飞，素秋新霁。华阙中天，锁葱葱佳气。嫩菊黄深，拒霜红浅，近宝阶香砌。玉宇无尘，金茎有露，碧天如水。　正值升平，万几多暇，夜色澄鲜，漏声迢递。南极星中，有老人呈瑞。此际宸游，凤辇何处，度管弦清脆。太液波翻，披香帘卷，月明风细。

近代词例：朱孝臧《醉蓬莱》

望南云似盖，簇翠萱丛，亭亭堂北。家庆屏开，暖琼枝瑶席。东海桑柔，南阳菊渷，万景澄秋夕。寸

草心情，办香亲拜，明星南极。　　粉署仙郎，彩帆
●○○　⊙○○●　◎○○▲　　◎●○○　◎○
归去，桑浦山前，版舆登历。乐府新声，下青鸾仙翼。
⊙●　◎●○○　●○○▲　⊙●○○　●◎○○▲
缥桂香浓，仙厨麟脯，有麻姑亲擘。一曲陔兰，传觞
◎●○○　◎○○⊙　●◎○○▲　●○○⊙　○○
遥羡，陶家宾客。
⊙●　◎○○▲

昆山词例：《醉蓬莱·北岸风光》

客来新雨后，烟锁园林，沙埋花径。竹柳多姿，更有芦莲净。鹭展湖空，蛙鸣塘底，戏水鱼鹰泳。紫燕徘徊，春归无意，佳期①难定。　　古朴亭池，新潮台榭，山接桥廊，水浮鸾镜。有约佳人，几时能临幸？相忆儿年，饼纸糊木，共向蟾宫敬②。沧桑从此，黑云永扫，青春长靓。

一一一、暗香（97）

双调九十七字，前阕九句五仄韵，后阕十句七仄韵。

古代词例：姜夔
旧时月色，算几番照我，梅边吹笛。唤起玉人，
◎○◎▲　●○◎●　⊙○○▲　●●◎○

---

①该处有酒楼取名："佳人有约"。②儿时家贫，逢中秋日，便将饼纸糊到园木板上，代作月饼，用以敬月。

不管清寒与攀摘。何逊而今渐老,都忘却、春风词笔。
◎●○○●○● ⊙●⊙●● ⊙●⊙ ⊙○○▲
但怪得、竹外疏花,香冷入瑶席。　　江国,正寂寂。
●●◎ ◎●○○ ⊙●●○▲ 　⊙▲ ●◎▲
叹寄与路遥,夜雪初积。翠尊易泣,红萼无言耿相忆。
●●●●○ ●●○● ●○●● ○●○○●○▲
长记曾携手处,千树压、西湖寒碧。又片片、吹尽也,
⊙●○○●● ○●● ○○○● ●◎◎ ○●●
几时见得。
●○●▲

近代词例:朱孝臧《暗香》
素天烟邈,点去鸿两两,碧云楼角。梦约不来,
◎○◎▲ ●◎○●● ⊙○○▲ ●●◎○
一剪微波渺难托。伤别伤秋未算,还点鬓、新霜经着。
◎●○○●○● ⊙●⊙●● ⊙●⊙ ○○○▲
渐逗入、隔岁相思,花底歇深酌。　　谁觉,背虚暮,
◎◎◎ ◎●○○ ⊙●●○▲ 　⊙▲ ●○▲
正不耐夜吟,玉绳低络。五湖计错,乡国苹花渐非昨。
●●◎○● ○◎○▲ ●◎○▲ ○○○○●○▲
何况空江画桨,凄荡损、萧娘眉萼。待寄语、江上水,
⊙●○○●● ⊙◎◎ ⊙○○▲ ●◎○ ○●●
月华又落。
●○◎▲

昆山词例:《暗香·晨思》
红轮初溢。彩霞连天海,鹭生鸥逸。漠漠长空,
紫燕衔泥往来疾。绿柳迎风荡漾,听鸣蛩,莺声娇滴。
虹桥上,大小行车,赶路笛鸣急。　　美画。问谁笔。

看万载河山，千秋松柏，古今屹立。豪杰王侯似过客。虽也风光一度，没蓬草，渺无踪迹。数百年，曾几个，把丹青入？

一一二、扬州慢（98）

双调九十八字，前阕十句四平韵，后阕九句四平韵。

古代词例：姜夔

淮左名都，竹西佳处，解鞍少驻初程。过春风十
⊙●○○　◎○○●　◎○●●○△　●○○
里，尽荠麦青青。自戎马、窥江去后，废池乔木，犹
●　●◎●○△　●○○　○○●●　●○○●　○
厌言兵。渐黄昏、清角吹寒，都在空城。　　杜郎俊
●○△　●○○　○●○○　○●○△　　　◎○●
赏，算而今、重到须惊。纵豆蔻词工，青楼梦好，难
●　●○○　○●○○　◎●●○○　○○●●　○
赋深情。二十四桥仍在，波心荡、冷月无声。念桥边
●○△　●●◎○○●　○○●　◎●○△　●⊙○
红药，年年知为谁生。
●　　○○○●○△

近代词例：詹安泰《扬州慢》

髡柳歌台，毒腥挝鼻，倚天剑气凝霜。望边城一
⊙●○○　◎○⊙●　◎○◎●○△　●○○
角，影旧日斜阳。自湖上、清欢老去，病里欺酒，羸
●　●◎●○△　●⊙●　○○●●　●○○●　○

马逢场。甚多情、依恋年年，消受凄惶。　　俊才漫
●○△　●○○　⊙○○⊙　○●○△　　　◎○○
许，有飞花、飞絮颠狂。况海国噓龙，孤亭唳鹤，大
●　●○○　○●○△　●○○●　⊙○◎●　⊙
野荒荒。说与故山猿鸟，刚风紧、片月微茫。剩沧桑、
●○△　●●◎○○●　○○●　◎●○△　●⊙○
危涕愁听，空外吟商。
○●⊙○　⊙●○△

昆山词例：《扬州慢·台风临前》
山遣愁云，水腾急浪，寒天面目狰狞。惜花丛蝴蝶，怜竹岸蜻蜓。俱危类、悠然自得，安知来日，大难临城，问苍天、因何迁怒，涂炭生灵？　　春宵苦短，叹繁华、本是浮萍。有不测风云，旦朝祸福，倾刻墙崩。蜗角名、蝇头利，三更梦、一枕归零。且看池边草，年年岁岁枯荣。

一一三、琐窗寒（99）

又名锁寒窗，双调九十九字，前阕十句四仄韵，后阕十句六仄韵。

古代词例：周邦彦
暗柳啼鸦，单衣伫立，小帘朱户。桐花半亩，静
●●○○　○○●▲　○●○▲　○○●●　◎
锁一庭愁雨。洒空阶、更阑未休，故人剪烛西窗语。
●◎○○▲　●⊙○　⊙○○⊙　◎○○●○▲

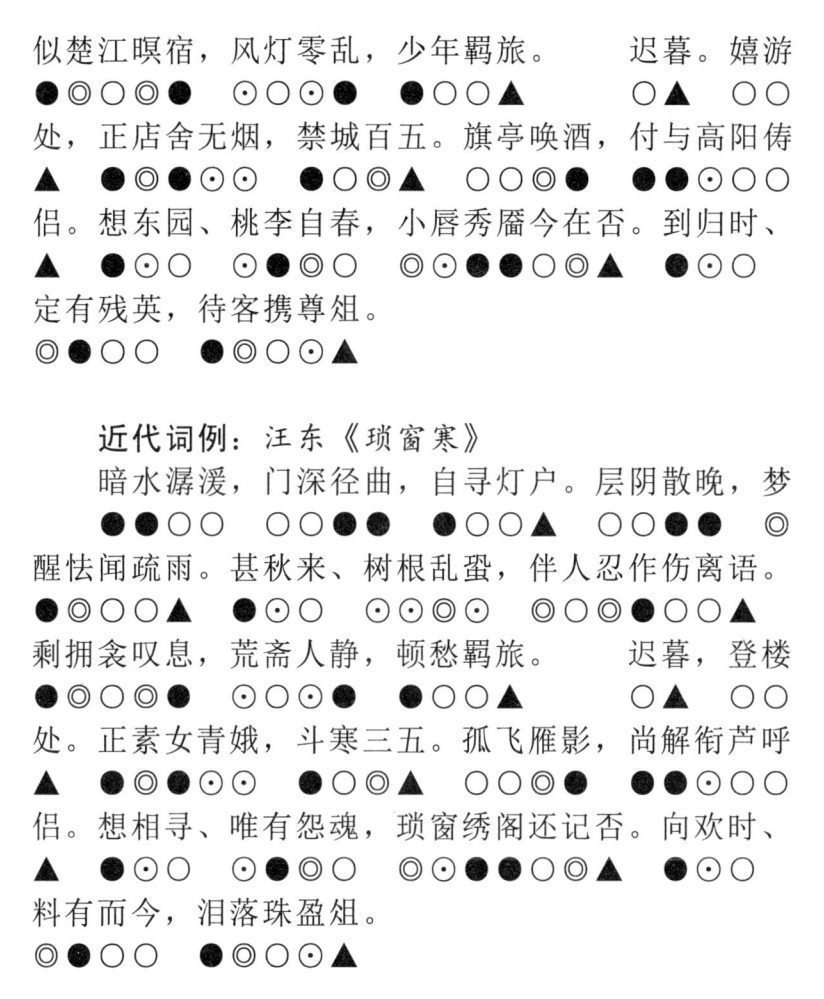

似楚江暝宿，风灯零乱，少年羁旅。　　迟暮。嬉游
●◎◎●　⊙○○●　●○○▲　　○▲　○○
处，正店舍无烟，禁城百五。旗亭唤酒，付与高阳俦
▲　●◎●⊙⊙　●○○▲　○○●●　●●⊙○
侣。想东园、桃李自春，小唇秀靥今在否。到归时、
▲　●○○　●⊙●○○　⊙●○●○▲　●○○
定有残英，待客携尊俎。
◎●○○　●○○⊙▲

近代词例：汪东《琐窗寒》

暗水潺湲，门深径曲，自寻灯户。层阴散晚，梦
●◎○○　○○●●　●○○▲　○○●●　◎
醒怯闻疏雨。甚秋来、树根乱蛩，伴人忍作伤离语。
●◎○○▲　●⊙○　●○○●　⊙○◎●○▲
剩拥衾叹息，荒斋人静，顿愁羁旅。　　迟暮，登楼
●◎○○●　○○○●　●○○▲　　○▲　○○
处。正素女青娥，斗寒三五。孤飞雁影，尚解衔芦呼
▲　●●⊙⊙　●○○▲　○○●●　●●○○○
侣。想相寻、唯有怨魂，琐窗绣阁还记否。向欢时、
▲　●⊙○　⊙●⊙○　◎○●●○◎▲　●⊙○
料有而今，泪落珠盈俎。
◎●○○　●○○⊙▲

昆山词例：《琐窗寒·观钓鱼》

雾锁西山，云腾北国，看天将雨。鸥群鹭队，湖面穿梭飞舞。钓鱼儿、三三五五，举竿齐向鱼游处。食饵遭钩者，悬空挣扎，一吞难吐。　　旁语。褴衣妇。独坐泪淋漓，似乎心苦。青春年俏，恋钓轻从豪户。到珠黄、恩绝情移，夫逃讯断身无主。叹如今、

满腹辛酸，又向何人诉。

一一四、玉蝴蝶慢（99）

此调有小令及长调两体，长调称玉蝴蝶慢，九十九字，前阕十句五平韵，后阕十一句六平韵。

古代词例：柳永

望处雨收云断，凭阑悄悄，目送秋光。晚景萧疏，
◎●◎⊙●　⊙◎●●　◎●○△　◎●◎○
堪动宋玉悲凉。水风清、苹花渐老，月露冷、梧叶飘
⊙●◎●○△　◎●⊙　⊙○◎●　●⊙●　⊙●○
黄。遣情伤，故人何在，烟水茫茫。　　难忘，文期
△　●○△　◎⊙●●　⊙●○△　　　⊙△　◎⊙
酒会，几孤风月，屡变星霜。海阔山遥，未知何处是
◎●　◎○⊙●　●●○△　●●○○　◎○◎●●
潇湘。念双燕、难凭远信，指暮天、空识归航。黯相
○△　●●●　○○●●　●●○　⊙●○△　●○
望，断鸿声里，立尽斜阳。
△　◎○○●　●●○△

近代词例：吴梅《玉蝴蝶·残秋独游后湖》

雨过半湖新霁，残霞掩映，坏堞高低。棹转苹风，
◎●●○○●　⊙○⊙●　◎●○△◎●○○
凉气乍透绿衣。暮烟凝，采菱歌涩，秋意老，打桨人
⊙●●●○△　●○○　◎○○●　○●●　⊙●○
稀。最凄迷，乱鸦衰柳，如入青溪。　　当时，水乡
△　●○△　◎○◎●　○●○△　　　⊙△　●○

长调（90字以上） 141

移棹，几曾辜负，银汉星期。一卧吴山，锦城丝管已
◎●　　◎○◎●　　◎●○△　●●○○　◎○●●
全非。指十里、丛芦渐白，怕再来、霜叶添绯。叩舷
○△　●⊙○○　⊙●○●　⊙●○△　●○
归，淡月笼云，独上平堤。
△　◎◎⊙●　◎●○△

昆山词例：《玉蝴蝶·永泰青云山游》

寻访神仙福地，穿崖越壁，直上青云①。满寨豪车，嘉宾贵客成群。攀天池，风光如醉，航峡谷，危缆惊魂。沐温盆，童心返照，梦跃龙门。　　奇闻！大明皇帝，藏娇深谷，育子生根？飞瀑垂情，原为白马②笑将军。数七载、状元三中③，令百代、学子香熏。取灵芬。浇桃灌李，岁岁芳春。

一一五、声声慢（平韵）（99）

双调九十九字，前阕九句四平韵，后阕八句四平韵。

---

①传说大明皇帝朱厚照游青云山，得貌若天仙的巧云姑娘，还生下一子取名"青云"。②青云16岁，皇帝归天。新皇帝怕他争位，派人追杀。在双溪口追兵冲上，不料将军坐骑白马不走。王子闪身没入瀑布，白马也纵身跳下悬崖。化作一块巨石，后人为了纪念王子和白马，在双溪口建起白马大王庙供以香火。③永泰县自1166年至1172年三科连中三状元，即萧国良、郑侨、黄定，故御温泉中有"三元宫"。

古代词例：晁补之

朱门深掩，摆荡春风，无情镇欲轻飞。断肠如雪
⊙⊙◎　◎◎⊙◎　⊙⊙●⊙○△　●⊙○○
撩乱，去点人衣。朝来半和细雨，向谁家、东馆西池。
○●　●●○△　⊙○●⊙⊙●　⊙○○　⊙●○△
算未肯、似桃含红蕊，留待郎归。　还记章台往事，
●●●　●○○○●　○●○△　　⊙●○○●●
别后纵、青青似旧时垂。灞岸行人多少，竟折柔枝。
●●●　○○●●○△　●●○○○●　●●○△
而今恨啼露叶，镇香街、抛掷因谁。又争可、妒郎夸
⊙○●○●●　●○○　⊙●○△　●●●　●○○
春草，步步相随。
○●　●●○△

近代词例：朱孝臧

双调九十七字，前阕九句四平韵，后阕八句四平韵。

鸣蜇颓城，吹蝶空枝，飘蓬人意相怜。一片离魂，
⊙⊙○◎　◎◎⊙⊙　⊙⊙●⊙△　●⊙○○
斜阳摇梦成烟。香沟旧题红处，拼禁花、憔悴年年。
○○●●○△　○○●○○●　●○○　⊙●○△
寒信急、又神宫凄奏，分付哀蝉。　终古巢莺无分，
⊙●●　●○○○●　⊙●○△　　⊙⊙○○○●
正飞霜金井、抛断缠棉。起舞回风，才知恩怨无端。
◎○○○●　●●○○　●●○○　⊙○○●○△
天阴洞庭波阔，夜沉沉。流恨湘丝。摇落事，向空山、
○○●○○●　●○○　○●○△　⊙●●　●○○
休问杜鹃。
⊙●○△

长调（90字以上） 143

昆山词例：《声声慢·针楼怀旧》

针楼无影，天娥四散，悠悠世事如棋。春日披荆斩棘，比翼熊狮。期望耕耘异种，溢奇芳，携酒东篱。始未料，梦全诸流水，作嫁人衣。　　谁遣鹊巢鸠占，教红肝空老，热血全吹。得道升天鸡犬，弹冠几时。猢狲折腾树倒，各寻归，楼宇他移。欲重塑，被东风无故，染白须髭。

附：声声慢（二）(97)

双调九十七字，前阕十句四仄韵，后阕八句四仄韵。

古代词例：高观国

壶天不夜，宝炬生香，光风荡摇金碧。月滟水痕，
〇〇〇● ◎●◎ ◎〇◎◎〇▲ ●〇〇
花外峭寒无力。歌传翠帘尽卷，误惊回、瑶台仙迹。
⊙●●〇〇▲ 〇〇●〇●● ●◎〇 ◎〇〇▲
禁漏促，拌千金一刻，未酬佳夕。　　卷地香尘不断，
◎●● ⊙〇〇●● ●◎〇▲ 　　◎●〇〇●●
最得意、输他五陵狂客。楚柳吴梅，无限眼边春色。
●●● ⊙〇●〇〇▲ ◎●◎〇 ⊙●●〇〇▲
鲛绡暗中寄与，待重寻、行云消息。乍醉醒，怕南楼、
〇〇●〇●● ●〇⊙ ⊙〇〇▲ ◎◎● ●⊙⊙
吹断晓笛。
⊙●◎▲

昆山词例:《声声慢·见庵①赞》

峬源山水,孕育良贤,赤心辅佐社稷。愤恶如仇,冰炭岂容同室。毅然舍身请命,又何辞、船横风急。施善政,解民悬,涛浪几番平息。　　延改春秋决判,澄明了,多少是非红黑。奸妒馋言,忠首险遭冤殛。经年奔波夙夜,拯无辜、积劳成疾。千载下,自长存、丹青一笔。

附：声声慢（三）(97)

双调九十七字,前阕十句四仄韵,后阕八句四仄韵。

古代词例: 李清照

寻寻觅觅,冷冷清清,凄凄惨惨戚戚。乍暖还寒
〇〇〇● ◎●〇● ⊙〇〇⊙〇▲ ◎〇●〇
时候,最难将息。三杯两盏淡酒,怎敌他、晚来风急。
⊙● 〇〇〇▲ ⊙〇⊙●⊙● 〇⊙〇 ⊙〇〇▲
雁过也,正伤心,却是旧时相识。　　满地黄花堆积。
◎〇● ⊙⊙〇 ◎●●⊙▲ 　　◎●〇〇〇▲
憔悴损,如今有谁堪摘。守着窗儿,独自怎生得黑。
◎◎● 〇〇⊙●〇▲ ◎●〇〇 ●●⊙〇●▲
梧桐更兼细雨,到黄昏、点点滴滴。这次第,怎一个、
〇〇〇〇●● ●〇〇 ⊙⊙⊙▲ ◎◎● ●⊙⊙
愁字了得。
⊙◎〇▲

---

① 见庵：系明刑部尚书林聪字,宁德七都人。

昆山词例：《声声慢·今夜就开战①》

乾坤轮转，十亿神州，已非昔时明月。帝裔儿孙犹抱，当年衣钵。总为舰坚炮利，大刀横、地赔银割。笑不识，早时迁境换，耳聋目瞎。　　看太平洋西岸，波涛涌、龙家万帆飞发。空海仙槎，无限水宫天阙。更闻东风快递②，直朝尔，当头棒喝。执迷者，若开战，鱼肚寻骨。

一一六、燕山亭（99）

又名宴山亭，双调九十九字，前阕十一句五仄韵，后阕十句五仄韵。

古代词例：曾觌

河汉风清，庭户夜凉，皓月澄秋时候。冰鉴乍开，
⊙●● ⊙◎● ◎◎○○▲ ●●○

跨海飞来，光掩满天星斗。四卷珠帘，渐移影、宝阶
●●○○ ⊙◎●○○▲ ●●○○ ⊙○● ●○

鸳甃。还又，看岁岁婵娟，向人依旧。　　朱邸高宴
○▲ ○▲ ●◎●○○ ●○○▲ ○◎○◎

簪缨，正歌吹瑶台，舞翻宫袖。银管竞酬，棣萼相辉，
○⊙ ●○●○○ ●○○▲ ○●●○ ●●○○

风流古来谁有。玉笛横空，更听彻、霓裳三奏。难偶，
⊙○●○○▲ ◎●○○ ◎●● ⊙○○▲ ○▲

---

①哈里斯自担任美太平洋舰队司令后，一再发表好战言论，不断在南海挑衅，2017年8月2日曾扬言："今夜就开战"。②东风快递：导弹。

拼醉倒、参横晓漏。
○●● ○○◎▲

近代词例：詹安泰《燕山亭》
空外哀筘，吹落冻禽，暝色旋笼高树。待指斗牛，
⊙●○○ ◎●◎○ ◎●○○◎▲ ●○◎●
与说开天，一觉前宵风雨。惨碧楼台，问经碎、秋魂
●●○○ ⊙◎◎◎▲ ◎●○○ ◎⊙● ○○
知否。迟暮。长梦涩关榆，教儿闲谱。　　须信掩泪
○▲　○▲　●◎◎○○　●○○▲　　　○○◎◎
孤吟，误几度凭阑，片帆南浦。腰肢瘦了，翠甼携归，
○⊙　●○◎⊙●　◎○○▲　⊙●○○　○○◎◎
知它舞杨谁妒。万一回头，看海水、横飞天宇。休诉，
⊙⊙●○○▲　◎●○○　◎●● ⊙○○▲　○▲
离雁共、夕阳凄苦。
○●● ○○◎▲

昆山词例：《燕山亭·昆仑挺崛》
入水银蛟，穿云大鹏，直向龙宫天阙。天眼①悟空②，墨子③光磁④，难数风流人物⑤。斗转星移，四十载、脱胎飞越。娥月⑥。笑十亿故乡，海腾山沸。　　丝绸驼马铃声，换来数千里，长虹高铁。万市连通，百国来朝，更超盛唐时节。举世齐赢，同命体、古今新页。惊绝，方矫首、昆仑挺崛。

---

①天眼：500米口径球面射电望远镜。②悟空：暗物质粒子探测卫星。③墨子：计算机。④光磁：激光电磁。⑤首六句专指科技成就。⑥娥月：嫦娥。

一一七、高阳台（100）

又名庆春泽，双调一百字，前后阕各十句，四平韵。

古代词例：刘镇

灯火烘春，楼台浸月，良宵一刻千金。锦步承莲，
⊙●○○　⊙○●●　⊙○○●△　◎●○○
彩云簇仗难寻。蓬壶影动星球转，映两行、宝珥瑶簪。
◎⊙●●○△　⊙○◎●○○●　●⊙○　●●○△
恣嬉游，玉漏声催，未歇芳心。　　笙歌十里夸张地，
●○○　◎●○○　●●○△　　　⊙○●●○○●
记年时行乐，憔悴而今。客里情怀，伴人闲笑闲吟。
●⊙○○●　⊙●○○　●●○○　●○○●○△
小桃未尽刘郎老，把相思、细写瑶琴。怕归来，红紫
◎○●●○○●　●⊙○　●●○△　●○○　⊙●
欺风，三径成阴。
○○　⊙●○△

近代词例：林则徐《高阳台·和嶰筠前辈韵》

玉粟收余，金丝种后，蕃航别有蛮烟。双管横陈，
⊙●○○　⊙○●●　⊙○◎●○△　◎●○○
何人对拥无眠？不知呼吸成滋味，爱挑灯，夜永如年。
◎◎●●○△　⊙●○○●●●　●○○　◎●○△
最堪怜，是一丸泥，捐万缗钱。　　春雷欻破零丁穴，
●○○　◎●○○　◎●○△　　　⊙○◎●○○●
笑蜃楼气尽，无复灰然。沙角台高，乱帆收向天边。
●⊙○⊙●　⊙●○△　◎●○○　◎⊙●●○△

浮槎漫许陪霓节，看澄波，似镜长圆。更应传，绝岛
◎⊙◎●●○●　　●⊙○　◎●○△　●○○　⊙●
重洋，取次回舷。
○○　⊙●○△

昆山词例：《高阳台·东湖春晓》
　　燕剪波霞，莺鸣醉柳，蛙声响热长塘。风入层林，传来阵阵清芳。豪车驰处群鸥舞，恋花丛，蜂蝶争忙。钓翁迟，山水湖楼，俱已浓妆。　　多情景色催人老，叹峥嵘岁月，烟雨茫茫。几度辉煌，到头尽化黄粱。雪融路远海天阔，愿新人，莫负韶光。趁朝阳，跃马加鞭，展翅飞翔！

一一八、渡江云（100）

　　又名三犯渡江云，双调一百字，前阕十句四平韵，后阕九句一叶韵、四平韵。

古代词例：周邦彦
　　晴岚低楚甸，暖回雁翼，阵势起平沙。骤惊春在
　　⊙○○●●　◎○◎●　●○●○△　●○○
眼，借问何时，委屈到山家。涂香晕色，盛粉饰、争
●　◎●○○　●●●○△　○○●●　●●●　⊙
作妍华。千万丝、陌头杨柳，渐渐可藏鸦。　　堪嗟。
●○△　○●○　●○○●　◎●●○△　　○△
清江东注，画舸西流，指长安日下。愁宴阑、风翻旗
⊙○○●　●●○○　●⊙○●▲　⊙●○　○○○

长调（90字以上）

尾，潮溅乌纱。今宵正对初弦月，傍水驿、深舣蒹葭。
● ⊙●●△ ⊙○○●○● ◎◎◎ ⊙●○△
沉恨处、时时自剔灯花。
○●● ⊙○◎●○△

近代词例：沈曾植《渡江云·赠文道希》

十分春已去，孤花隐叶，怊怅倚阑心。客游今倦
⊙○○●● ◎○◎● ◎●●○△ ●⊙○
矣，珍重韶光，还共醉花阴。长亭短堠，向从来，雨
● ◎●○○ ◎●●○△ ○○◎● ◎◎○ ⊙
黯烟沉。人何处，匣中宝剑，挂壁作龙吟。　　登临。
●○△ ○○● ◎○◎● ◎●●○△ 　○△
秦时明月，汉国山河，尽云寒雁噤。行不得，鹧鸪啼
⊙○⊙● ●●○○ ●○◎●▲ ⊙○⊙ ○●○
晚，苦竹穿林。寻常总道归帆好，者归帆，愁与潮深。
● ⊙●○△ ○○●●○○● ◎◎○ ⊙●○△
苍然暮，高山流水鸣琴。
○●● ⊙○◎●○△

昆山词例：《渡江云·南昆游》

南昆三日旅，驰坡跃壁，风雨踏云虹。枕蛾眉翠袖，竹浪松涛，似梦入仙洲。桃溪两岸，小桥水，玉屋琼楼。飞瀑鸣，银岚珠雾，一饮化千愁。　　风流！江山一代，妙手天才，把乾坤重绣。羞死了，金迷纸醉，歌舞王侯。声声凯炮惊洋老，叹未来，难霸星舟。天海阔，英雄岂只曹刘！

一一九、念奴娇（100）

又名百字令、酹江月、大江东去、壶中天、湘月等，双调一百字，前后阕各十句，四仄韵。

古代词例：苏轼

凭空眺远，见长空万里，云无留迹。桂魄飞来光射处，冷浸一天秋碧。玉宇琼楼，乘鸾来去，人在清凉国。江山如画，望中烟树历历。　　我醉拍手狂歌，举杯邀月，对影成三客。起舞徘徊风露下，今夕不知何夕。便欲乘风，翻然归去，何用骑鹏翼。水晶宫里，一声吹断横笛。

近代词例：黄燮清《念奴娇·题诸子良嘉杲枣花帘学拍图》

仙乎萧史，在湘纹影里，呼之欲出。一树花阴清盖户，筛碎半窗凉月。紫粉徐飘，红牙细按，风过檐铃叶。隔墙声度，画楼残梦难觅。　　我欲远跨蟾蜍，琼箫飞弄，吹破秋云碧。去问广寒新乐府，洗尽人间

筝笛。玉宇天高，银河水迥，未许星槎入。冰弦独语，
○▲　◎●○○　⊙○⊙●　⊙●○○▲　◎○○●
古音空自怜惜。
◎○○●○▲

附：念奴娇（二）（大江东去）（100）

双调一百字，前后阕各十句，四仄韵。

古代词例：苏轼《大江东去·赤壁怀古》

大江东去，浪淘尽，千古风流人物。故垒西边，
◎○○●　●○⊙　⊙●⊙○○▲　◎●○⊙
人道是，三国周郎赤壁。乱石崩云，惊涛裂岸，卷起
○●●　⊙●○○●▲　◎○○●　⊙○●●　◎●
千堆雪。江山如画，一时多少豪杰。　遥想公瑾当
○○▲　⊙○○●　●○○●▲　　⊙●○●○
年，小乔初嫁了，雄姿英发。羽扇纶巾，谈笑处，樯
○　◎○○◎　○○○▲　◎●○○　○●●　○
橹灰飞烟灭。故国神游，多情应笑我，早生华发。人
●⊙○○▲　◎●○○　○○●●●　●○○▲　⊙
生如梦，一樽还酹江月。
○○●　⊙○○●○▲

现代词例：毛泽东《念奴娇·昆仑》

横空出世，莽昆仑、阅尽人间春色。飞起玉龙三
◎○●●　●○○　⊙●⊙○○▲　◎○⊙○○
百万，搅得周天寒彻。夏日消融，江河横溢，人或为
●●　⊙●○○○▲　◎●○○　⊙○○●　◎●○

鱼鳖。千秋功罪，谁人曾与评说。　　而今我谓昆仑，
○▲　　◎○○●　　●○○●⊙▲　　　⊙●⊙●○○
不要这高，不要这多雪。安得倚天抽宝剑，把汝裁为
◎○⊙●　　◎○⊙○▲　　⊙○●○○●●　　⊙●⊙○
三截？一截遗欧，一截赠美，一截还东国。太平世界，
○▲　●●⊙○　⊙●⊙●　◎●○○▲　⊙○●●
环球同此凉热。
◎○○●●▲

昆山词例：《念奴娇·两弹一星》

漫漫华夏，百年史，写尽兴衰荣辱。炮利船坚、强虏獗。多少英魂啼血。志士仁人，兴邦谋国，同叹科研蹩。一双白手，谁将霄壤填越？　　十载岁月峥嵘，挥戈沙漠，连拔雄关铁[①]。两弹一星、遨玉宇，直指广寒宫阙。二霸惊呆，九州欢庆，浩气摇山岳。炎黄从此，跃登民族强列。

附：念奴娇（三）（平韵）（100）

双调一百字，前后阕各十句，四平韵。

古代词例：陈允平
汉江露冷，是谁将瑶瑟，弹向云中。一曲清泠声
◎○◎●　●●○○●　⊙◎○△　◎●○○

---

①雄关铁：毛泽东《忆秦娥·娄山关》有"雄关漫道真如铁"句》

渐杳，月高人在珠宫。晕额黄轻，涂腮粉艳，罗带织
●● ◎⊙○●○△ ⊙○○ ○●●● ⊙●●
青葱。天香吹散，佩环犹自丁东。　　回首杜若汀洲，
○△ ⊙○○● ●○⊙●○△ 　　○○●●○○
金钿玉镜，何日得相逢。独立飘飘烟浪远，罗袜羞溅
○○●● ⊙○●○△ ◎●○○○●● ⊙●○○
春红。渺渺予怀，迢迢良夜，三十六陂风。九嶷何处，
○△ ◎●○○ ⊙○○● ●●⊙○△ ◎○○●
断云飞度千峰。
●○⊙●○△

昆山词例：《念奴娇·维多利亚之夜》

华灯初上，望无边天海，一片琉璃。两岸云楼垂碧水，翠链横贯东西。玉镜朦胧，人间天上，似梦更如痴。轻烟凝画，方知身转船移。　　十里山色湖光，宛如西子，浓淡总相宜。李白王维今若在，何道挥笔千诗？星箭游空，长廊桥[①]接，洋老见醒狮。紫荆花艳，卧龙今得其时[②]。

一二〇、解语花（100）

双调一百字，前阕九句六仄韵，后阕九句七仄韵。

[①]长廊桥：指目前在建世界最长的港珠澳大桥和已通车的深圳湾跨海大桥。[②]卧龙句：三国演义中，水镜先生说："卧龙虽得其主，而未得其时也"。今反其意用之。

古代词例： 秦观

窗涵月影，瓦冷霜华，深院重门悄。画楼雪杪，谁家篴、弄彻梅花新调。寒灯凝照，见锦帐、双鸾飞绕。当此时、倚几沉吟，好景都成恼。　　曾过云山烟岛，当绣襦甲帐，亲逢一笑。人间年少，多情子、惟恨相逢不早。如今见了，却又惹、许多愁抱。算此情、除是青禽，为我殷勤报。

近代词例： 刘毓盘《解语花》[①]

新筎送怨，旧笛迎欢，江关素秋冷。翠禽啼竟，荒祠外、社鼓暮鸦犹竞。归舫未整，先忘却、鸥波渔艇。空自笑，云水霏微，重访招提境。　　斫地哀歌暗省。有风摇九子，铃语相应。废墙颓井，休看作、松菊故园三径。闲花吊影，谁怜我、无家陶令。向此间、一任鱼龙，唤梦醒。

[①]与秦观词同，唯结句减二字。

长调（90字以上） 155

昆山词例：《解语花·西山月落》
西山月落，北屋烟腾，霞彩临窗吊。树莺来早。频频唤、巫雨峡云惊渺。邻家大嫂，哼小曲、前庭轻跳。屋后蝉、池畔鸣蛙，都教愁人老。　　常忆铜乡采草，适红苞初蕊，相娱一笑。奈何天罩。朔风狂，尽历霜寒雪暴。桐秋叶掉，魂东去，萧萧蓬岛。仙处遥，盼梦华胥，与尔将心照。

一二一、绛都春（100）

双调一百字，前阕十句六仄韵，后阕九句六仄韵。

古代词例：吴文英
情黏舞线，怅驻马灞桥，天寒人远。旋剪露痕，
○○○▲　●○○⊙　○○○▲　◎●○⊙
移得春娇栽琼苑。流莺常语烟中怨，恨三月、飞花零
⊙◎○○○▲　⊙○◎●○○▲　●⊙●　○●○
乱。艳阳归后，红藏翠掩，小坊幽院。　　谁见。新
▲　●○○●　○○●●　●○○▲　　⊙▲　○
腔按彻，背灯暗、共倚宝屏葱蒨。绣被梦轻，金屋妆
○●▲　●○●　⊙●●○○▲　◎●○○　⊙○○
深沉香换。梅花重洗春风面，正溪上、参横月转。并
○○○▲　⊙○⊙●○○▲　●⊙●　⊙○●▲　◎
禽飞上金沙，瑞香雾暖。
⊙⊙●○○　●○●▲

近代词例： 吕碧城《绛都春·拿坡里火山》

禅天妙谛。证大道涅盘，薪传谁继。世外避秦，
○○◎▲　●◎○○○⊙　○⊙○▲　◎●○⊙
那有惊心咸阳燧。飙轮怒碾丹砂地。弄千丈、红尘春
⊙◎○⊙○▲　⊙○●○○▲　●○● ○○
翳。倦飞孤鹜，几番错认，赤城霞起。　　凝睇。镌
▲　●○○⊙　○○●⊙　●○○▲　　○▲　○
冰斲雪，指隔浦、迤逦瑶峰曾寄。火浣五铢，姑射仙
○●●　●○● ●●○○○▲　◎○◎○　⊙○○
人翔游袂。流金烁石都无忌。算几态、炎凉游戏。任
○○○▲　○○●●○○▲　●⊙● ○○○▲　◎
教烧蜡成灰，早干艳泪。
⊙⊙●○　●○●▲

昆山词例：《绛都春·新能源巡礼》

祥云飘渺，报时代登临，鸾鹤春晓。四万健儿，
来自三江五湖鸟。戎装束发容光俏。挽强轴、赶超弯
道。斩荆披棘，奇踞峰巅，伴宁川笑。　　远眺，千
帆竞渡，圈门里、战马声声嘶叫。点炮排车，今世英
才知多少？中原逐鹿群星照。鹿谁手、棋深莫料。但
期岁岁杯盈，欢儿乐老。

一二二、东风第一枝（100）

双调一百字，前阕九句四仄韵，后阕八句五仄韵。

古代词例： 史达祖

长调（90字以上） 157

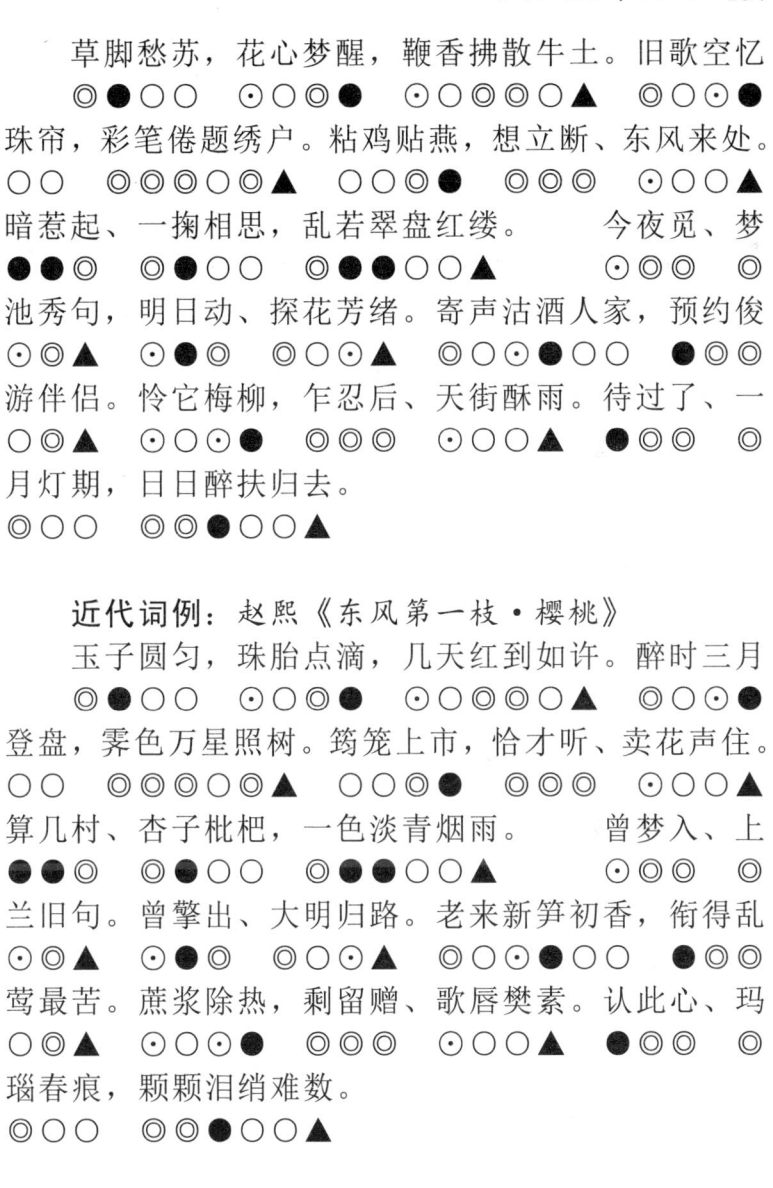

草脚愁苏，花心梦醒，鞭香拂散牛土。旧歌空忆
◎●○○　⊙○○●　⊙○○◎○▲　◎○⊙●
珠帘，彩笔倦题绣户。粘鸡贴燕，想立断、东风来处。
○○　◎◎◎○▲　○○○●　◎○○　⊙○○▲
暗惹起、一掬相思，乱若翠盘红缕。　　今夜觅、梦
●●◎　◎○○　◎◎○▲　　⊙○◎　◎
池秀句，明日动、探花芳绪。寄声沽酒人家，预约俊
⊙◎▲　⊙◎●　◎○○▲　◎○◎○○○　●○●
游伴侣。怜它梅柳，乍忍后、天街酥雨。待过了、一
○○▲　⊙○○●　◎○○　○○○▲　●○○　◎
月灯期，日日醉扶归去。
◎○○　◎◎●○▲

近代词例：赵熙《东风第一枝·樱桃》

玉子圆匀，珠胎点滴，几天红到如许。醉时三月
◎●○○　⊙○○●　⊙○○◎○▲　◎○⊙●
登盘，雾色万星照树。筠笼上市，恰才听、卖花声住。
○○　◎◎◎○▲　○○○●　◎○○　⊙○○▲
算几村、杏子枇杷，一色淡青烟雨。　　曾梦入、上
●●◎　◎◎○○　◎◎○●○▲　　⊙◎○　◎
兰旧句。曾擎出、大明归路。老来新笋初香，衔得乱
⊙◎▲　⊙●●　○○○▲　◎○⊙●○○　●○◎
莺最苦。蔗浆除热，剩留赠、歌唇樊素。认此心、玛
○◎▲　⊙●○　◎○○　⊙○▲　●○○　◎
瑙春痕，颗颗泪绡难数。
◎○○　◎◎●○▲

昆山词例：《东风第一枝·字雁南归》

字雁南归，梧桐叶落，秋来总令烦恼。庭前不断

蛙鸣，屋后更添鸦吵。金风肆虐，萧瑟过、繁华全扫。岸草疲，一路黄芳，梅柳竹枝全老。　　小棋牌，车场横道。六合彩、豪楼惊爆。庸娘问卜神仙，智女猜求生肖。天凉花谢，发财梦，何时醒晓。钓鱼翁，举竿频频，鱼儿上钩多少？

一二三、桂枝香（101）

又名疏帘淡月，双调一百零一字，前后阕各十句，五仄韵。

古代词例：王安石

登临送目，正故国晚秋，天气初肃。千里澄江似
⊙○◎▲　●○●◎◎　◎○○▲　⊙●○●
练，翠峰如簇。归帆去棹残阳里，背西风、酒旗斜矗。
●　●○○▲　⊙○●●○○●　●○○　◎○○▲
彩舟云淡，星河鹭起，画图难足。　　念自昔、繁华
●○○●　⊙○●●　◎○○▲　●◎○　○○
竞逐，叹门外楼头，悲恨相续。千古凭高，对此漫嗟
●▲　●⊙●○○　⊙◎○▲　⊙●○●　○●●○
荣辱。六朝旧事如流水，但寒烟衰草凝绿。至今商女，
○▲　◎◎○●○○●　●○○○●○▲　◎○⊙●
时时犹唱，后庭遗曲。
⊙○⊙◎　●○○▲

近代词例：朱孝臧《桂枝香》

丁沽汛晓，正水市贩鲜，乌板船到。戢戢银刀恣
⊙○○▲　●○●○○　○●○▲　⊙●○●

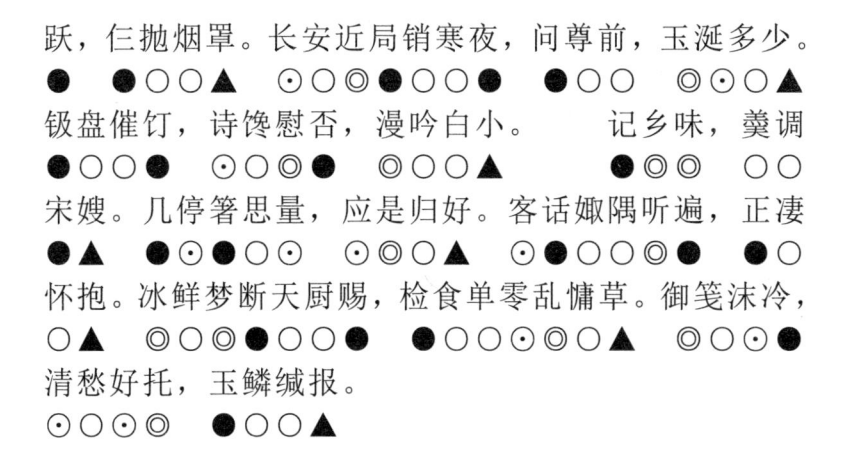

跃，仨抛烟罩。长安近局销寒夜，问尊前，玉涎多少。
● ●○○▲ ⊙○◎●○● ●○○ ◎⊙○▲
钑盘催钌，诗馋慰否，漫吟白小。　　记乡味，羹调
●○○● ⊙○○● ◎○○▲ ●○◎ ○○
宋嫂。几停箸思量，应是归好。客话嫩隅听遍，正凄
●▲ ⊙●●○ ⊙○○▲ ⊙○○○○● ●○
怀抱。冰鲜梦断天厨赐，检食单零乱慵草。御笺沫冷，
○▲ ◎○⊙○○●● ⊙○○○●●▲ ◎○⊙●
清愁好托，玉鳞缄报。
⊙○⊙◎ ●○○▲

昆山词例：《桂枝香·三峡神女峰》

神峰姣姣，看暮雨朝云，谁敢争俏？万古长江浪卷，俊雄多少？豪轮千里行三日，岸林中，未闻猿叫。尔曾否告，谪仙德润，祖家搬了？　　美赋传，名山不老！赞宋玉高唐，文思奇妙。云雨巫山声色，今番更好。楚王梦断平湖锁，驯龙珠把人间照。亿民欢舞，瑶姬无恙，立云端笑。

一二四、锦堂春（101）

双调一百零一字，前后阕各十句，四平韵。

---

①神女峰：传说中西王母幼女瑶妃，曾助夏禹开鉴河道排除积水，水患消除后，留在巫山，化为神女峰。②谪仙德润：指李白、李珣。白诗："两岸猿声啼不住"，珣词："啼猿何必近孤舟"，都说这里有猿。③神妃无恙：毛泽东词："高峡出平湖，神女应无恙"。

古代词例： 司马光

红日迟迟，虚廊影转，槐阴迤逦西斜。彩笔工夫难状，晚景烟霞。蝶尚不知春去，漫绕幽砌寻花。奈猛风过后，纵有残红，飞向谁家。　　始知青春无价，叹飘零宦路，荏苒年华。今日笙歌丛里，特地咨嗟。席上青衫湿透，算感旧、何止琵琶。怎不教人易老，多少离愁，散在天涯。

清初词例： 周之琦《锦堂春慢》①

葵藿孤生，菰芦槁项，十年重踏京尘。幸天涯萍梗，握手情亲。往事倾谈未尽，清愁别袂仍分。算虹桥路迥，鹤盖阴浓，难着闲身。　　镜蓉佳谶应准，但骊驹催唤，欲住无因。望切泥金好语，早寄衡门。射策君宜上第，看花我愧陈人。问新莺队里，旧曲谁

---

①共九十八字，其中前阕四句、后阕七句各少一字，其它平仄相同。

知，山抹微云。
○　●●○△

昆山词例：《锦堂春·晨登龙湫感怀》
地隐山浮，天连水接，崖前云海滔滔。碧落琼瑶深处，画舫轻摇。疑是群仙集旅，风携古乐遥遥；似秦王摆宴，萧史扬弦，弄玉吹箫。　　几回佳期全误，恨烟蒙故道，雪锁兰桥。多少英豪沉井，为米折腰！怒使天公抖擞，悉铲平、乱世群妖。喜得乾坤重塑，彩凤来仪，九曲箫韶。

一二五、霓裳中序第一（101）

双调一百零一字，前阕十句七仄韵，后阕十一句八仄韵。

古代词例：姜夔
亭皋正望极，乱落红莲归未得。多病怯无气力，
○○●●▲　●●○●○▲　⊙●○○○▲
况纨扇渐疏，罗衣初索。流光过隙，叹杏梁双燕如客。
●⊙●●○　○●○▲　⊙○●▲　●○○⊙●○▲
人何在，一帘淡月，仿佛照颜色。　　幽寂。乱蛩吟
○○●　●○●●　●●●○▲　　○▲　◎○⊙
壁，动庾信清愁似织。沉思年少浪迹，篷里关山，柳
▲　●●⊙○○●▲　○○○●●▲　○●○○　◎
下坊陌。坠红无信息，漫暗水涓涓溜碧。漂零久，而
●○▲　●○○●▲　◎●●○○●▲　○○●　⊙
今何意，醉卧酒垆侧。
○○●　●●●○▲

近代词例：赵熙《霓裳中序第一·五云秋禊图》
三清一梦隔，但说西京双鬓白。回念蓬莱缥碧。
○○●●▲　●●○○○●▲　⊙○◎○○▲
送春夜漏声，璇霄风色。卿云故国。擅玉堂、天上词
●●⊙○○　⊙○○▲　⊙○○▲　●●○　○●○
笔。群仙会、八方使节，摺笏玉皇侧。　　凄绝。镜
▲　○○●　◎○●●　●●●○▲　　○▲　○
中人集，认锦水、铜驼巷陌。临江还少废宅。剩托鱼
○⊙▲　●○●　○○◎▲　⊙○○⊙●▲　◎○○
陂，送老禅伯，九秋悲也得。胜万古消愁示疾。贞元
○　◎●○▲　●○○●▲　●●●○○●▲　○○
影、不祥同袚，唤取五云客。
●　⊙○○●　●●●○▲

昆山词例：《霓裳中序第一·故宅悬念》
霜浓玉桂泣。不意尘寰风雨逆。寄恨鹊桥空立。
织女错牵梭，把朱门入。名归另册。教尔生来断梁脊。
神何在，饥肠魑魅，乘势血膏吸。　　天易。华都霹
雳。虎豹鬼妖消踪迹。江山万里烟熄，柳绿花红，重
还春色。访当年故宅。家井水浑门户寂。人无影，一
轮悲月，冷照异乡客。

一二六、石州慢（102）

又作石州引，双调一百零二字，前阕十句四仄韵，后阕十一句五仄韵。

古代词例：贺铸

薄雨催寒，斜照弄晴，春意空阔。长亭柳色才黄，
◎●○○　○●●○　⊙●○▲　⊙○○●○○
远客一枝先折。烟横水际，映带几点归鸦，东风消尽
◎●◎○▲　○●●○　◎◎○●○　⊙○○●
龙沙雪。还记出关时，恰而今时节。　　将发。画楼
○○▲　⊙●●○　●●○○▲　　○▲　●○
芳酒，红泪清歌，顿成轻别。已是经年，杳杳音尘都
⊙●　⊙○⊙　◎○⊙▲　●●○○　◎●○⊙
绝。欲知方寸，共有几许清愁，芭蕉不展丁香结。枉
▲　◎○⊙●　◎◎●●○　⊙●○○○▲　◎
望断天涯，两厌厌风月。
●●○○　●○○○▲

近代词例：张尔田《石州慢·上疆村授砚图》

蜕后哀蝉，珍重瓣香，词老亲敕。高情无着庵中，
◎●○○　○●●○　⊙●○▲　◎●◎○○●
梦冷闲鸥成忆。药炉禅榻，几人夜半传衣，踏天直割
◎●○○○▲　●○○●　◎◎●●○○　◎○◎●
蟾蜍月。彩笔素心违，想吟边头白。　　休说，熏香
○○▲　⊙●●○○　◎○○○▲　　○▲　●○
红袖，谏草青蒲，旧家遗直。翻谱新声，流怨云膑能
⊙●　⊙○⊙　◎○⊙▲　●●○○　◎●○○○
识。劝君携取，萧条异代吾师，晴窗长伴研朱滴。泼
▲　◎○⊙●　◎◎●●○○　⊙●○○○▲　◎
墨《雪川图》，满空江烟阔。
●　●○○　●○○○▲

昆山词例：《石州慢·骤雨严寒》

骤雨严寒，浮唤脑中，坑底年月。神州万里烽烟，故梓千山冰雪。伶仃衰影，惨遭鼠噬蛇咬，饱尝世道凉和热。悲戚恸人寰，恶行惊天阙。　　魂别。星移斗转，怒涛淘尽，萧墙异物。昔日狐狸，已化南山坟骨。除蝇捕虎，涤荡浊水污泥，频频亮剑清余孽。法理正纲常，子规不啼血。

一二七、水龙吟（102）

又名龙吟曲、庄椿岁、小楼连苑等，双调一百零二字，前阕十一句四仄韵，后阕十一句五仄韵。

古代词例：苏轼

霜寒烟冷蒹葭老，天外征鸿嘹唳。银河秋晚，长门灯悄，一声初至。应念潇湘，岸遥人静，水多菰米。乍望极平田，徘徊欲下，依前被、风惊起。　　须信衡阳万里，有谁家、锦书遥寄。万重云外，斜行横阵，才疏又缀。仙掌月明，石头城下，影摇寒水。念征衣未捣，佳人拂杵，有盈盈泪。

古代词例二：辛弃疾《水龙吟·登建康赏心亭》

长调（90字以上） 165

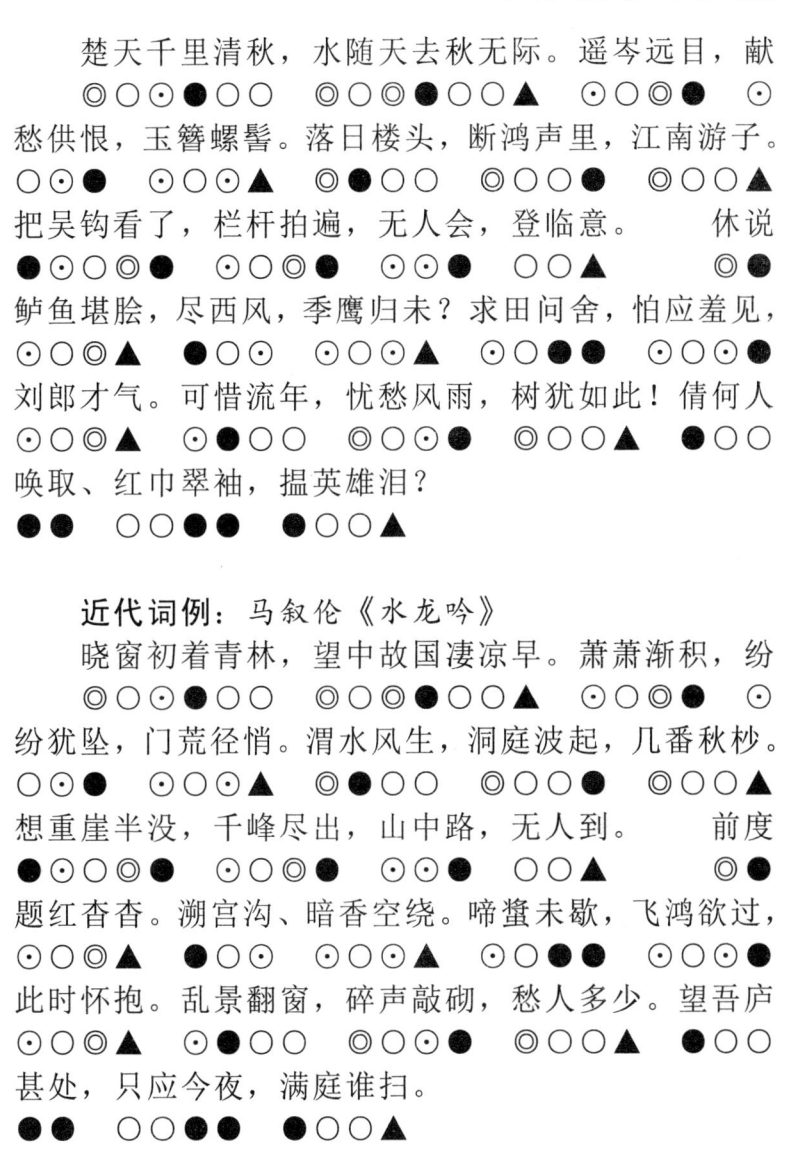

楚天千里清秋，水随天去秋无际。遥岑远目，献
◎○⊙●　◎○○●○▲　⊙○◎●　⊙
愁供恨，玉簪螺髻。落日楼头，断鸿声里，江南游子。
○⊙●　◎⊙○▲　●○○●　⊙○○●　○○⊙▲
把吴钩看了，栏杆拍遍，无人会，登临意。　　休说
●○○●●　○○●●　○○●　○○▲　　◎●
鲈鱼堪脍，尽西风，季鹰归未？求田问舍，怕应羞见，
⊙○◎▲　●○○　●○○●　○○●●　●○○●
刘郎才气。可惜流年，忧愁风雨，树犹如此！倩何人
⊙○◎▲　●○◎○　◎○○●　◎○○▲　●○○
唤取、红巾翠袖，揾英雄泪？
●●　○○●●　●○○▲

近代词例：马叙伦《水龙吟》
晓窗初着青林，望中故国凄凉早。萧萧渐积，纷
◎○⊙●○○　◎○◎●○○▲　⊙○◎●　⊙
纷犹坠，门荒径悄。渭水风生，洞庭波起，几番秋秒。
○⊙●　⊙○○▲　◎●○○　◎○○●　◎○○▲
想重崖半没，千峰尽出，山中路，无人到。　　前度
●⊙◎●　⊙○●　⊙○●　○○▲　　◎●
题红杏杳。溯宫沟、暗香空绕。啼螿未歇，飞鸿欲过，
⊙○◎▲　●○⊙　⊙○○▲　⊙○●●　⊙○○
此时怀抱。乱景翻窗，碎声敲砌，愁人多少。望吾庐
⊙○◎▲　●●○○　◎○○●　◎○○▲　●○○
甚处，只应今夜，满庭谁扫。
●●　○○●●　●○○▲

昆山词例：《水龙吟·支提晚钟》
天冠百里烟霞，湖潭池石风光带。雉飞九岭，猿

欢六洞，碧螺银黛。日落楼头，金鸣古刹，声传天外。问袈裟月姊，身边莫是九重境，三千界？[①]　天下一山谁爱？古今来，皇封民拜。几番风雨、几回兴废，火焚兵坏。喜看今朝，莲花千叶，重修异彩。愿钟长寺旺，国安民乐，万秋千代。

一二八、忆旧游（102）

双调一百零二字，前阕十一句四平韵，后阕十一句五平韵。

古代词例：周邦彦

记愁横浅黛，泪洗红铅，门掩秋宵。坠叶惊离思，
●⊙○○●　◎●○○　○●○△　◎○○●●
听寒蛩夜泣，乱雨萧萧。凤钗半脱云鬓，窗影烛花摇。
●⊙○●●　◎●○△　○○●●○○　○●●○△
渐暗竹敲凉，疏萤照晓，两地魂消。　迢迢。问音
●●●○○　⊙○●●　●●○△　　○△　●○
信，道径底花阴，时认鸣镳。也拟临朱户，叹因郎憔
●　◎◎●○○　⊙●○△　◎○○●●　●○○⊙
悴，羞见郎招。旧巢更有新燕，杨柳拂河桥。但满目
●　⊙●○△　◎⊙○●○●　⊙●●○△　●◎●
京尘，东风竟日吹露桃。
○○　⊙○◎●○●△

---

①天冠、九岭、六洞、袈裟，皆为宁德支提山景点。莲花千叶，系华藏寺之坐落位置。

近代词例：文廷式《忆旧游·秋雁》

恨霜飞榆塞，月冷枫江，万里凄清。无限凭高意，
●⊙○○●　◎●○○　⊙●○△　◎◎○○●
便数声长笛，难写深情。望极云罗缥缈，孤影几回惊。
●⊙○●　◎●○△　◎●○◎○●　⊙●●○△
见龙虎台荒，凤凰楼迥，还感飘零。　　梳翎，自来
●◎◎○○　⊙○○●　◎●○△　　○△　●○
去，叹市朝易改，风雨多经。天远无消息，问谁裁尺
●　●◎◎⊙●　⊙●○△　◎○○●●　●⊙⊙
帛，寄与青冥？遥想横汾箫鼓，兰菊尚芳馨。又日落
●　⊙○○△　◎◎⊙◎●　⊙●●○△　●◎●
天寒，平沙列幕边马鸣。
○○　⊙○◎●●○●△

昆山词例：《忆旧游·穆水桃花节》

穆水桃花旦，闻讯匆匆，赶入车群。十里长蛇阵，卅万观光客，一路惊魂。嫣红姹紫如海，处处沁香芬。看执棍须眉，畲装巾帼①，含笑迎宾。　　乾坤、四十载，令穷山绣锦，僻壤生津。红墙连碧瓦，粉梁兼画栋，五彩缤纷。多少桃花人面，相伴度良辰。问崔护陶潜，否曾见此桃寨春？

一二九、齐天乐（102）

又名台城路、如此江山、五福降中天等，双调一百二零字，前阕十句五仄韵，后阕十一句五仄韵。

---

①执棍须眉、畲装巾帼，指村口塑像。

古代词例： 周邦彦

绿芜凋尽台城路，殊乡又逢秋晚。暮雨生寒，鸣
蛩劝织，深阁时闻裁剪。云窗静掩，叹重拂罗裀，顿
疏花簟。尚有练囊，露萤清夜照书卷。　　荆江留滞
最久，故人相望处，离思何限。渭水西风，长安乱叶，
空忆诗情宛转。凭高望远，正玉液新篘，蟹螯初荐。
醉倒山翁，但愁斜照敛。

近代词例： 秋瑾《齐天乐·雪》

朔风萧瑟侵帘户，谁唤玉龙起舞？万里云凝，千
山雾合，做就一天愁绪。谢家娇女，正笑倚栏干，欲
拈丽句。访戴舟回，襟怀多半为倚阻。　　应被风姨
相妒。任飘尽梨花，摧残柳絮。玉宇琼楼，珠窗银瓦，
疑在广寒仙府。清香暗度，知庭阁梅开，寻时怕误。
暖阁围炉，刚好持樽俎。

长调（90字以上） 169

昆山词例：《齐天乐·虎门沉思》

飞虹桥下三江水，流多少忠魂泪。鸦片烟云，洋枪洋炮，却教昏君下跪。赔银割地，让门户洞开，强梁陶醉。曾想瓜分，殖民美梦几番试。　　炎黄儿女奋力，把宏轮更易，风从东起。万国商场，千城市店，尽见中华红紫。辱沉耻洗，有定海神针，镇天神器。疯子豺狼，识时皆自避。

一三〇、瑞鹤仙（102）

双调一百零二字，前阕十句七仄韵，后阕十二句六仄韵。

古代词例：史达祖

杏烟娇湿鬓，过杜若汀洲，楚衣香润。回头翠楼
◎○○◎▲　●◎○○　◎○○▲　⊙○○●
近，指鸳鸯沙上，暗藏春恨。归鞭隐隐，便不念、芳
▲　⊙○○○▲　◎○○▲　○○◎◎　●○　○
盟未稳。自箫声、吹落云东，再数故园花信。　　谁
⊙◎▲　●○○　◎●○○　◎◎●○○▲　　○
问。听歌窗罅，倚月钩阑，旧家轻俊。芳心一寸，相
▲　⊙○○●　◎◎○○　◎○○▲　○○●▲　○
思后，总灰烬。奈春风多事，吹花摇柳，也把幽情唤
⊙◎　◎○▲　●⊙○⊙●　⊙○○●　◎◎○○⊙
醒。对南溪、桃萼翻红，又成瘦损。
▲　●⊙○　⊙◎⊙⊙　●○●▲

近代词例：王鹏运《瑞鹤仙》

翠深天尺五。认秀野风流，银湾斜处。闲鸥淡容
◎○◎○▲　●◎○○⊙　⊙◎○▲　⊙○○●
与。是百年见惯，骚坛旗鼓。春风胥宇，想去香梅万
▲　◎⊙○⊙●　○○○▲　⊙○○▲　◎◎○○
树①。正南窗、暖人横枝，约略洞天云古。　　凝伫。
▲　　●⊙○　⊙⊙⊙⊙　◎◎◎⊙▲　　○▲
朋笺韵事，拄笏高情，承平簪组。藤交阴妩，谁共觅、
⊙○⊙⊙　◎◎⊙⊙　◎○◎▲　⊙○◎▲　⊙⊙◎
旧题句。劝先生莫忘，玉壶觞我，准备新诗赏雨。怕
◎⊙▲　●⊙○○⊙　⊙○○●　◎◎⊙◎○▲　●
窥檐、一角西山，笑人自苦。
⊙○　⊙○○⊙　●○●●▲

昆山词例：《瑞鹤仙·古寺香日》

寒星白云缭。晓岚入城空，万家梦绵。银灯古神
俏。钟声盈山野，大堂僧早。唤醒宿鸟。对来客、频
频迎叫。满道中，信女善男，供品手提肩挑。　　天
晓。佛门净地，四大皆空，何时空了？人间多少，蜗
角斗，蝇头搅？叹百年苦短，昙花一瞬，多虑多愁易
老。看堂前、弥勒知天，逢人只笑。

一三一、雨霖铃（103）

双调一百零三字，前阕十句五仄韵，后阕九句五仄韵。

---

①此句，原七字改为六字。

长调（90字以上） 171

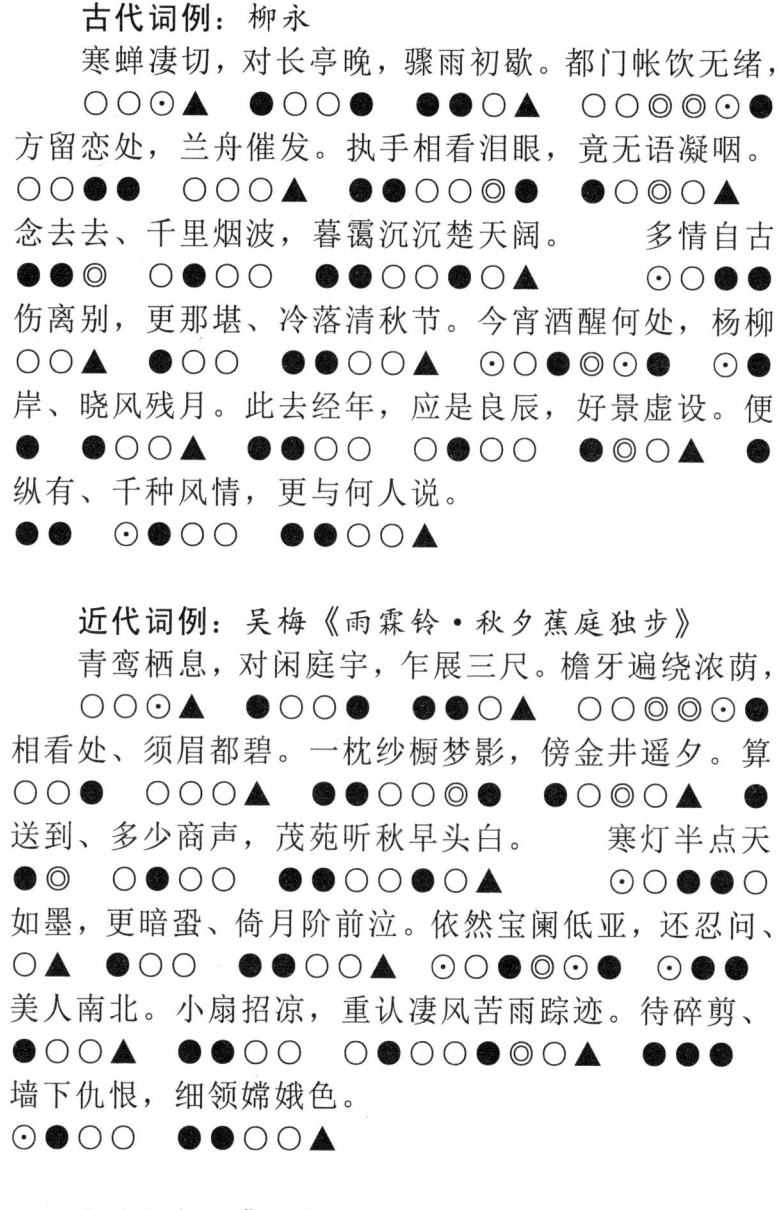

古代词例： 柳永

寒蝉凄切，对长亭晚，骤雨初歇。都门帐饮无绪，
〇〇⊙▲　●〇〇　●●〇▲　〇〇〇◎⊙
方留恋处，兰舟催发。执手相看泪眼，竟无语凝咽。
〇〇●●　〇〇〇▲　●●〇〇◎　〇●●〇▲
念去去、千里烟波，暮霭沉沉楚天阔。　　多情自古
●●◎　〇●〇〇　●●〇〇●〇▲　　　⊙〇●●
伤离别，更那堪、冷落清秋节。今宵酒醒何处，杨柳
〇〇▲　●〇〇　●●〇〇▲　〇⊙●◎〇●　〇⊙
岸、晓风残月。此去经年，应是良辰，好景虚设。便
●　●●〇▲　〇〇〇〇　〇〇〇〇　●◎〇▲　●
纵有、千种风情，更与何人说。
●●　⊙〇〇　●〇〇〇▲

近代词例： 吴梅《雨霖铃·秋夕蕉庭独步》

青鸾栖息，对闲庭宇，乍展三尺。檐牙遍绕浓荫，
〇〇⊙▲　●〇〇　●●〇▲　〇〇〇◎⊙●
相看处、须眉都碧。一枕纱橱梦影，傍金井遥夕。算
〇〇●　〇〇〇▲　●●〇〇◎　●〇〇〇▲　〇
送到、多少商声，茂苑听秋早头白。　　寒灯半点天
●◎　〇〇〇〇　●●〇●●〇▲　　　⊙〇●〇〇
如墨，更暗蛩、倚月阶前泣。依然宝阑低亚，还忍问、
〇▲　●〇〇　●●〇〇▲　〇〇●〇●◎　〇●◎
美人南北。小扇招凉，重认凄风苦雨踪迹。待碎剪、
●〇〇▲　●●〇〇　●●〇〇●●〇▲　●●●
墙下仇恨，细领嫦娥色。
⊙●〇〇　●●〇〇▲

昆山词例：《雨霖铃·银盘光溢》

银盘光溢,是天孙①泪,化雨冰积?迢迢广宇千载,金簪划界,鸳鸯难集。相对人间冷眼,亦无语咽塞。看碧海、烟闪波涛,隐隐声如玉颜笛。　　寒城仓促伤离日,路茫茫,雁去无消息。年年此夜魂梦,还笑靥,对花亭立。已隔天涯,谁料痴心、一颗难摘!纵再世、藜藿终生,愿伴伊人食。

一三二、永遇乐（104）

双调一百零四字,前后阕各十一句,四仄韵。

古代词例：苏轼

明月如霜,好风如水,清景无限。曲港跳鱼,圆
⊙●○○　◎○○⊙　⊙◎○▲　◎●○○　⊙
荷泻露,寂寞无人见。紞如三鼓,铿然一叶,黯黯梦
○◎●　⊙●○○▲　◎○○●　⊙○◎●　◎◎●
云惊断。夜茫茫、重寻无处,觉来小园行遍。　　天
○○▲　◎○○　◎○○●　⊙○◎●○▲　　　⊙
涯倦客,山中归路,望断故园心眼。燕子楼空,佳人
○◎●　⊙●○○　⊙●●○○▲　◎●○○　⊙○
何在,空锁楼中燕。古今如梦,何曾梦觉,但有旧欢
⊙●　⊙●○○▲　◎○○●　⊙○◎●　◎◎●●
新怨。异时对、黄楼夜景,为余浩叹。
○▲　◎○●　⊙○◎●　◎◎●▲

---

①天孙：织女。

近代词例：朱孝臧《永遇乐》

斜日河山，惊风草木，故垒何处。铁戟沙腥，戈
⊙●○○　◎○○⊙●　⊙◎○▲　◎●○○　⊙
船磷闪，肠断征南路。灵旗甲马，居人指点，犹识当
○○●　◎●○○▲　◎○○●　⊙○◎●　◎●○
年荒戍。记压城，颓云似墨，乱鸦解道凄苦。　　参
○⊙▲　◎○○　○⊙●●　◎●⊙●⊙○▲　　⊙
军老矣，扁舟重舣，书剑萧僇谁与。湘水无情，巫阳
○◎●　⊙○⊙●　◎●○●○○▲　◎●○○　○○
有恨，只觅归鸿语。擎天身手，封侯骨相，都付怒涛
⊙●　⊙●○○▲　◎○○●　⊙○●●　◎●●○
东去。问一堤，寒鸦败柳，替人怨否。
○▲　◎○○　○○●●　○○●▲

昆山词例：《永遇乐·天湖三都澳》

天海朦胧，鲲鹏展翅，龟马争俏。水荡银鳞，山涂碧黛，螺壳霞光照。石猿海象，鸡笼笔架①，堪赞佛工神巧。美髯公②，横刀浪壁，千秋斩获多少？

星移斗换，雪消冰解，喜得人间春晓。南北盘龙③，东西飞凤，正向湖边绕。宏图将展，腾飞可待，谁说天荒地老？问君否？摇官井棹，伴妃子笑④。

---

①鲲鹏、龟、马、螺壳、猿、象、鸡笼、笔架等，均为三都澳海上景观；②美髯公：景观仙人图中，有关云长横刀走马像；③盘龙，飞凤：公路、铁路和闽东机场；④妃子笑：三都澳岛产荔枝名。

一三三、拜星月慢（104）

又名拜新月，双调一百零四字，前阕十句四仄韵，后阕八句六仄韵。

古代词例： 周邦彦

夜色催更，清尘收露，小曲幽坊月暗。竹槛灯窗，
●●○○　⊙○⊙●　◎●○○◎▲　●●○○

识秋娘庭院。笑相遇，似觉、琼枝玉树相倚，暖日明
●○○○▲　●○●　●●　○○●●○●　●●○⊙

霞光烂。水眄兰情，总平生稀见。　　画图中、旧识
○○▲　◎●⊙○　●●○○▲　　●○○　●●

春风面，谁知道、自到瑶台畔。眷恋雨润云温，苦惊
○○▲　⊙○●　●●○○▲　◎●●●○○　●○

风吹散。念荒寒、寄宿无人馆，重门闭、败壁秋虫叹。
○○▲　●○○　●●○○▲　◎○●　●●○○▲

争奈向、一缕相思，隔溪山不断。
⊙●●　●●○○　●○○●▲

近代词例： 赵熙《拜星月慢·七夕》

夜鹊飞时，天狼红处，小阁还搴罗幔。万古成双，
●●○○　○○○●　◎●○○◎▲　●●○○

指微云河汉。笑声动，似觉、盈盈鹤驾来往，脉脉鸳
●○○○▲　●○●　●●　○○●●○●　●●○⊙

帏恩怨。伲诉情天，忍经秋才见。　　自洪荒，便结
○○▲　◎●⊙○　●●○○▲　　●○○　●●

风流眷。今宵会，几度成圆满。为问那个星儿，是机
○○▲　⊙○●　●●○○▲　◎○●●○○　●○

头新产。叹嫠蟾、抱月年年伴。银潢路，渐学蓬莱浅。
○○▲　●○○　●●○○▲　◎●○○　◎●○○▲
只落得、瓜果蛛丝，赚罗池香案。
⊙◎●　◎●○○　●○○▲

昆山词例：《拜星月慢·欢庆十九大》

百国来朝，千城欢跃，共舞神州春旦。闪闪霓虹，令通宵辉灿。掌声阵阵接，初心永志难忘，使命牢牢相伴。举世人民，尽朝龙都看。　　执红旗、不怕征程远。复兴梦、每把新人唤。千载射雕儿女，飒然雄风展。痛先贤、血泪江河畔，吟今辈、浩气冲霄汉。凯歌起、情涌长寰，万山红漫漫。

一三四、绮罗香（104）

双调一百零四字，前后阕各九句，四仄韵。

古代词例：史达祖

做冷欺花，将烟困柳，千里偷催春暮。尽日冥迷，
◎●○○　◎●○●　⊙●○○▲　◎●○○
愁里欲飞还住。惊粉重、蝶宿西园，喜泥润、燕归南
⊙●●○○▲　◎○●　●●○○　◎○●　●○○
浦。最妨他、佳约风流，钿车不到杜陵路。　　沉沉
▲　●○⊙　○●○○　●○●●●○▲　　○○
江上望极，还被春潮晚急，难寻官渡。隐约遥峰，和
○●●●　○●○○●●　○○⊙▲　●●○○　⊙
泪谢娘眉妩。临断岸、新绿生时，是落红、带愁流处。
●●○○▲　⊙●●　○●○○　●●○　●○○▲

◎⊙◎　⊙●◎◎　●◎◎●▲
记当日、门掩梨花，剪灯深夜语。

近代词例：吕碧城《绮罗香·汤山温泉》
磺爇珠霏，硝炊玉溅。一勺涓涓清泚。泛出桃花，
◎◎◎◎　◎◎◎◎　⊙●◎◎▲　◎●◎◎
江上鸭先知未。讶水泮，不待霞吹。试缨浣，闲看浪
⊙●◎◎▲　⊙●●　●◎◎◎　●⊙◎　◎◎◎
起。引灵泉，小凿娥池，洗脂重见渭流腻。　　兰汤
▲　●◎◎　⊙●◎◎　◎◎⊙●◎◎▲　　◎◎
谁为灌就，也似华清赐浴，山灵溥惠。不许春寒，侵
◎◎●●　⊙●◎◎●●　◎◎●▲　●◎◎◎　⊙
到人间儿女。喜渜肠，痼疾能瘳。问换骨、仙源谁嗣。
●◎◎◎▲　●◎◎　●●◎◎　⊙⊙●　◎◎◎▲
竞联翩，裙屐风流，证盘铭古意。
◎⊙◎　◎◎◎◎　●◎◎●▲

近代词例 2：汪东《绮罗香》
暗筱藏楼，疏桐坠井，砧杵先惊秋意。庾信愁多，
◎◎◎◎　◎◎◎◎　⊙◎◎◎▲　◎●◎◎
常怯避愁无计。身已似、落叶飘零，都付去鸿迢递[①]。
⊙●●◎▲　⊙◎◎●　◎◎◎◎　⊙◎◎◎▲
最难堪、残蜡摇风，伴人清夜共垂泪。　　丹青谁是
●⊙◎●　⊙◎◎◎　◎◎◎◎●▲　　◎◎◎◎
妙手，拟把云笺小幅，商量心事。粉藕脂匀，匀了几
◎●　◎◎◎◎◎●　⊙⊙◎▲　●◎◎◎　⊙●●

———

①第 6、7 句，行原 3、4、3、4，改为 3、4、6，少一字。

长调（90字以上） 177

番重费。寻旧约、沟水分流，选梦痕、故山难记。画
〇〇▲　⊙◎◎　⊙●〇〇　◎〇⊙　●〇〇▲　◎
不成、一片伤心，素屏空自倚。
⊙◎　⊙●〇〇　●〇〇●▲

昆山词例：《绮罗香·金马春暮》
日照长堤，花红柳绿，一片繁华春暮。紫燕衔泥，忙碌筑巢儿住。树稍上、黄雀吱喳，花丛里、蝶蜂飞舞。挽银虹、对对双双，豪车不进木桥路。　　金蛇山上望极，犹记当年风起，战云低布。喊杀声盈，处处戚军罗鼓。旌旗举、石卷泥沙，埋多少、寇倭坟墓。想今日、美酒笙歌，可曾忘甲午？

一三五、西河（105）

三阕一百零五字，前阕六句四仄韵，中阕七句四仄韵，后阕六句四仄韵。

古代词例：周邦彦
佳丽地，南朝盛事谁记。山围故国绕清江，髻鬟
〇〇▲　⊙〇〇●▲　〇〇●●〇〇　◎〇
对起。怒涛寂寞打孤城，风樯遥度天际。　　断崖树，
◎▲　◎〇〇●●〇　⊙〇〇●▲　　◎⊙●
犹倒倚，莫愁艇子曾系。空余旧迹郁苍苍，雾沉半垒。
⊙◎▲　◎〇●〇▲　⊙〇〇●〇〇　●〇●▲
夜深月过女墙来，赏心东望淮水。　　酒旗戏鼓甚处
●〇◎●〇〇　⊙〇⊙●〇▲　　●〇●●〇〇

市，想依稀、王谢邻里，燕子不知何世。入寻常，巷
陌人家相对，如说兴亡，斜阳里。

近代词例：朱孝臧《西河》①
歌哭地，残灯事影能记。劫灰咫尺上栏干，夜笳四起。草堂人去薜萝空，西山窥笑檐际。　　旧庭树，谁再倚。虚舟泛若无系。为君胥宇燕重来，退寒废垒。梦华一觉玉京秋，闲鸥空恋烟水。　　酒徒散尽醉后市，问黄垆、犹话邻里。愁绝斜阳身世。怕铜驼、断陌黄尘，凄对西北高楼，浮云里。

昆山词例：《西河·吴宫钩沉》
吴宫碎。湮沉一代佳丽？楼台亭阁化荒丘，鸟啼花泪。兴亡谁与罪红颜，浣纱水怒声沸②？　　醉争雄，遗槜李③。国仇家恨忘洗。贪婪纵敌杀良臣，何当伯嚭？称奴试粪扮忠诚，狼心佛面藏匕。　　借粮煮种最卑鄙。教无辜、饥民冤死。丧尽天良仁义。笑

---

①将末阕后三句3、6、4、3改为3、4、6、3。②唐崔道融诗："伯嚭亡吴国，西施陷恶名。浣纱春水急，似有不平声。"③槜李：槜李之战，吴王阖闾受伤而死。

如今，尝胆卧薪成戏。鼠眼蛇头、全更易。

一三六、二郎神（105）

又名十二郎、转调二郎神，双调一百零五字，前阕十句四仄韵，后阕十一句五仄韵。

古代词例：徐伸
闷来弹鹊，又搅碎、一帘花影。漫试着春衫，还
●○○● ◎●● ◎○○▲ ●●●○○ ⊙
思纤手，熏彻金猊烬冷。动是愁多如何向，但怪得、
○⊙● ⊙●○○●▲ ◎●○○○●● ●●●
新来多病。想旧日沉腰，而今潘鬓，不堪临镜。　　重
⊙○○▲ ◎●●○ ⊙○○● ●○○▲　　○
省。别来泪滴，罗衣犹凝。料为我厌厌，日高慵起，
▲ ◎○●● ⊙○○▲ ●◎●○○ ◎○○●
长托春醒未醒。雁翼不来，马蹄轻驻，门掩一庭芳景。
⊙●○○●▲ ●●●○ ●○○● ○●●○○▲
空伫立、尽日阑干倚遍，昼长人静。
⊙●● ●●○○●● ●○○▲

近代词例：陈匪石《二郎神·和青山》
片霞照海，又倒挂、一天帆影。望嫩碧香迷，遥
●○●● ◎●● ○○○▲ ●●●○○ ⊙
青波染，春入蛮云梦冷。待写鱼笺相思字，奈客里、
○○● ⊙●○○●▲ ◎●○○○●● ●●●
侵寻愁病。应练发偶晞，单衣重试，怕窥明镜。　　追
⊙○○▲ ◎●●○ ⊙○○● ●○○▲　　○

省。绿杨巷陌，朝烟寒凝。为看尽樱桃，玉窗慵掩，
▲　◎○○●　⊙○○▲　●●○●　　◎○○●
鹈鴂声声唤醒。钿约空留，酒痕犹涴，多少隔年情景。
⊙●○○●▲　◎●○○　⊙◎○●　⊙●●○○▲
知甚日、断阕同赓，子夜画帘风静。
⊙●●　◎●○○　●●●○○▲

昆山词例：《二郎神·塔湖春览》
　一群白鹭，正舞乱、塔湖春影。水面下游鱼，三三两两，对岸开来木艇。大网纵横湖中撒，倾刻间，篮盈筐挺。渔父满载归，万千鲜活，断魂锅鼎。　　天省，芸芸生众，各安其命。看贫女歌耕，富婆溜狗，人自空间乐境。　　陋窟鸳鸯，豪楼情侣，真爱并非财定。风雨息，愿教千山绿遍，百花繁盛。

一三七、解连环（106）

又名望梅，杏梁燕，双调一百零六字，前阕十一句五仄韵，后阕十句五仄韵。

古代词例：周邦彦
怨怀无托，嗟情人断绝，信音辽邈。纵妙手、能
●○○▲　⊙○○●　●○○▲　●●◎　⊙
解连环，似风散雨收，雾轻云薄。燕子楼空，暗尘锁、
●○○　●⊙●◎　●○○▲　◎○○○　◎○●
一床弦索。想移根换叶，尽是旧时，手种红药。　　汀
●○○▲　●○○●●　●●●○　●●○○▲　　○

长调（90字以上） 181

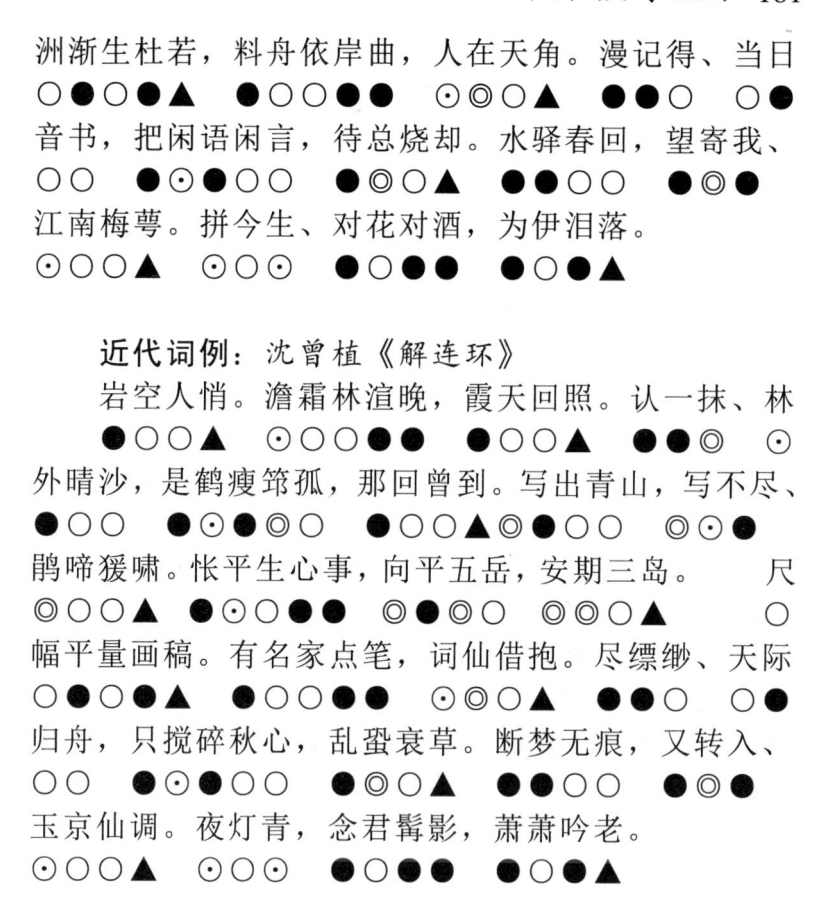

洲渐生杜若，料舟依岸曲，人在天角。漫记得、当日
音书，把闲语闲言，待总烧却。水驿春回，望寄我、
江南梅萼。拼今生、对花对酒，为伊泪落。

近代词例：沈曾植《解连环》
　　岩空人悄。澹霜林渲晚，霞天回照。认一抹、林
外晴沙，是鹤瘦筇孤，那回曾到。写出青山，写不尽、
鹃啼猨啸。怅平生心事，向平五岳，安期三岛。　　尺
幅平量画稿。有名家点笔，词仙借抱。尽缥缈、天际
归舟，只搅碎秋心，乱蛩衰草。断梦无痕，又转入、
玉京仙调。夜灯青，念君髯影，萧萧吟老。

昆山词例：《解连环·曼哈顿又遭恐袭》[1]
　　汽车奔跃，朝人群碾压，举寰惊愕。问死生、无
隙无仇，竟心毒病狂，挺凶施虐。暴袭连连，徒与主、
一丘之貉。究成因底字：杖势横行，凌强欺弱。　　囊
中恐源本握，却双重立案，赦枭当鹤。暗地间、资养

---

[1]：2017年10月31日，美国纽约曼哈顿一辆卡车冲撞行人和自行车道，致8人死亡，11人受伤。

豺狼，引祸水东流，以邻为壑。算尽机关，自成了，巷谈东郭。望醒时、一壕战友，共除恐恶。

一三八、望海潮（107）

双调一百零七字，前阕十一句五平韵，后阕十一句六平韵。

古代词例： 柳永

东南形胜，三吴都会，钱塘自古繁华，烟柳画桥，
⊙○○●　○○⊙●　⊙○◎●○△　○●●○，
风帘翠幕，参差十万人家。云树绕堤沙，怒涛卷霜雪，
○○●●　⊙○◎●○△　⊙○●○△　●⊙◎⊙●，
天堑无涯。市列珠玑，户盈罗绮竞豪奢。　　重湖迭
⊙●○△　◎●○○　◎○○●●○△　　　○○
巘清佳，有三秋桂子，十里荷花。羌管弄晴，菱歌泛
●○△　●○○●●　◎●○△　◎●●○　○○●
夜，嬉嬉钓叟莲娃。千骑拥高牙，乘醉听箫鼓，吟赏
●　⊙○●●○△　⊙●●○△　○●●○●　○●
烟霞。异日图将好景，归去凤池夸。
○△　◎●○○●●　⊙●●○△。

近代词例： 谭嗣同《望海潮·自题小影》
曾经沧海，又来沙漠，四千里外关河。骨相空谈，
○○○●　●○○●　●○●●○△　●●○○，
肠轮自转，回头十八年过。春梦醒来么？对春帆细雨
○○●●　⊙○●●○△　○●●○△　●⊙○●●
独自吟哦。惟有瓶花，数枝相伴不须多。　　寒江才
⊙●○△　◎●○○　◎○○●●○△　　　○○○

脱渔蓑。剩风尘面貌，自看如何？鉴不因人，形还问
●〇△　●⊙〇●●　◎●〇△　〇●●〇　〇〇●
影，岂缘醉后颜酡？拔剑欲高歌。有几根侠骨，禁得
●　⊙〇◎●△　●〇〇△　⊙◎〇⊙●　⊙●
揉搓？忽说此人是我，睁眼细瞧科。
〇△　◎●〇〇● ⊙●●〇△

昆山词例：《望海潮·菊花展台照》

金秋南岸，红黄紫白，层层玉骨冰肌。巨虎若鸣，长龙蛰伏，亭台塔苑生辉。孔雀展屏飞，看山衣翡翠，水映芳菲。碧落云开，正疑仙子下凡池。　　宵烟银幕低垂，问杨妃醉酒，孙寿愁眉。韩令窃香，阿郎傅粉，谁人与我相宜？鸾鹤喜闻归。邀屈平陶令，阔摆香醅。共赴南山一醉，乘兴采东篱。

一三九、青门饮（107）

双调一百零七字，前阕十二句四仄韵，后阕十一句五仄韵。

---

①巨虎、长龙、亭台塔苑、孔雀，皆为菊花造型。②杨妃醉酒：唐玄宗把牡丹比为（杨）贵妃醉酒。③孙寿愁眉：东汉梁冀妻，美而善画眉，时号愁眉。④韩令窃香：韩寿与贾充女藏香的故事。⑤何郎傅粉：三国魏人何宴典，平日喜修饰，粉白不离手，被称为"傅粉何郎"。⑥东篱句：陶潜有"采菊东篱下，悠然见南山"句。菊花展中有东篱造型。

古代词例：秦观

风起云间，雁横天末，严城画角，梅花三奏。塞
草西风，冻云笼月，窗外晓寒轻透。人去香犹在，孤
衾拥、长闲余绣。恨与宵长，一夜熏炉，添尽香兽。

前事空劳回首，虽梦断春归，相思依旧。湘瑟声
沉，庾梅信断，谁念画眉人瘦。一句难忘处，怎忍辜、
耳边轻咒。任人攀折，可怜又学，章台杨柳。

清初词例：沈岸登《青门饮》

五鹿春沙，百花晴槛，计程犹是，帝京三辅。嫩
柳鞭丝，斜阳帽影，碧草依然南浦。且莫匆匆别，试
同寻、上元游侣。香车宝马，暗尘明月，尽堪君住。

况有盈尊清醑。便醉拥红妆，听歌金缕。良会无
多，酒人能几，忍使骊驹催去。卧阁漳河畔，正绿水、
芙蓉深处。从今两地，相思千里，梦魂辛苦。

长调（90字以上） 185

昆山词例：《青门饮·春风故里行》

莺唱枝头，燕回梁栋，梅①开路俏，桃红芳漫。穆水风轻，白山②云逸，青草嫩芽初展。跋涉梯田上，听蛙鸣、声声魂断。杜鹃方艳，蜂蝶群来，知是谁唤？

嗟叹童年春短。烟雨罩苏堤，几多朋伴。端午观龙③，仲秋赏月，曾把凤鸾相扮，骑竹青梅下，捉迷藏、欢娱宵旦。岁月无情，悠悠照看，寂庭空院。

一四〇、一萼红（108）

双调一百零八字，前阕十一句五平韵，后阕十句四平韵。

古代词例：姜夔

古城阴，有官梅几许，红萼未宜簪。池面冰胶，
●○△　⊙●○○◎●　⊙●●○△　⊙●○△
墙腰雪老，云意还又沉沉。翠藤共、闲穿径竹，渐笑
⊙○○●　○●○●○△　●○●　⊙○●●　◎◎
语、惊起卧沙禽。野老林泉，故王台榭，呼唤登临。
◎　○●●○△◎　◎○○●　●○○●　⊙●○△

南去北来何事，荡湘云楚水，目极伤心。朱户粘
⊙●◎○○●　●○○●●　◎●○△　⊙●○
鸡，金盘簇燕，宽叹时序侵寻。记曾共、西楼雅集，
○　⊙○○●　⊙○○●○△　●○◎　○○◎●
想垂柳、还袅万丝金。待得归鞍到时，只怕春深。
◎⊙○　⊙●●○△　◎●○●●○　◎●○△

---

①梅：此处指三角梅。②白山：白云山。③观龙：指龙舟。

清初词例：周之琦《一萼红·衍石同年赠杏花》
浣征衣。叹缁尘满眼，无处认芳菲。隔巷遥传，迎门一笑，还似阆苑初移。展方絮、新声自谱，赏心事、饧白粥香时。枚馆清愁，蠡湖归梦，此意谁知。

曾是曲江开好，甚珍丛折取，怨别琼枝。斐几藏春，银瓶寄艳，深护金屋娇姿。算犹胜、封姨暗剪，掩红泪、轻逐燕莺飞。旧日名园倚处，莫寄相思。

近代词例：赵熙《一萼红·凤仙》
比红儿。自经年不见，风露最相思。葱佩仙妆，牟珠佛顶，依约前度来时。画栏外、嫣然笑靥，似中酒，微晕淡胭脂。俊极蜻蜓，梦边蝴蝶，香处晴飞。

谁信此花身世，也胡僧话劫，血溅苔衣。雨过黄梅，篱开素槿，今岁人又逢伊。更谁浸春纤翠甲，锦城里、犹谱悼红词。忍说非耶是耶，弄玉魂归。

昆山词例:《一萼红·喜闻蕉城列中国工业百强区第十一名》

彩虹牵,看落群丑鸭,飞入百强圈。草木增辉,乾坤易色,奇迹惊绝人寰。断头线、悠然连接,贫困帽、飘化太平烟。喜讯传来,娥眉欢舞,父老开颜。

忆否当年薪日,骂杖敲桌镜,市主心寒?八五精英,南强赤子,矢志回报家园。四方士、宁川云集,三百亿、穿越万重山。更有琼台高筑,来岁非闲。

一四一、疏影(110)

又名绿意,双调一百一十字,前阕十句五仄韵,后阕十句四仄韵。

古代词例: 姜夔

苔枝缀玉,有翠禽小小,枝上同宿。客里相逢,
⊙○●▲　●○○●●　⊙○○▲　◎○●○
篱角黄昏,无言自倚修竹。昭君不惯龙沙远,但暗忆、
⊙●○○　⊙⊙○●▲　⊙○●●○○●　◎◎○
江南江北。想佩环、月夜归来,化作此花幽独。　犹
⊙○○▲　●○○　◎○○●　◎●○○▲　　○
记深宫旧事,那人正睡里,飞近蛾绿。莫似春风,不
●○○●●　●○⊙●●　○○○▲　●●○○　●
管盈盈,早与安排金屋。还教一片随波去,又却怨、
●○○　◎○⊙○▲　⊙○●●○○●　◎◎●
玉龙哀曲。等恁时、重觅幽香,已入小窗横幅。
◎○○▲　●○⊙　⊙○○　◎●●○○▲

近代词例：黄燮清《疏影·题张松溪泰初花影吹笙图》

烟痕似雪。有瘦萤几点，飞上衣褶。料理银簧，
⊙○●▲　●○○●●　⊙○○▲　◎●○○
坐对瑶天，黄昏韵事幽绝。凄清不耐离人听，怕剩梦、
⊙●○○　⊙●○○○▲　⊙○○●○●　◎○○
断时难接。莫等闲、作弄凉声，挑醒一窗梧叶。　　仰
⊙○○▲　●○●　◎●○○　◎●○○○▲　　　○
见明河浪静，夜深正露重，丝鬓微湿。袖底香归，指
●○○●●　●○●●●　○●○▲　⊙●○○　◎◎●
上秋生，逗起惺忪蝴蝶。栏干闲了谁同倚，但靠碎、
●○○　◎●○○○▲　⊙○○●○○●　◎◎●
半身斜月。到恁时、寻取双成，偷谱羽衣三迭。
◎○○▲　●●○　⊙●○○　◎●●○○▲

昆山词例：《疏影·时芳①亭》

临危受命，正清宵月冷，家家空宅。倭寇横行，遍野饥殍，千村更发瘟疫。梁斜屋漏惊来燕，处处闻、冤魂啼泣。痛尧卿③、城破兵亡，壮烈殉身毛贼。　　新任微行暗访，断倭伥耳目，歼灭强敌。劝抚流亡，回建家园，慷慨捐薪修邑。与民淡饭同甘苦，终建起，金汤城壁。塑像传，千载流芳，漈水庙亭依立。

---

①林时芳：明嘉靖年间宁德县令。③李尧卿：林时芳的前任县令，被倭寇杀害。

一四二、沁园春（114）

又名寿星明，双调一百一十四字，前阕十三句四平韵，后阕十二句五平韵。

古代词例：苏轼

孤馆灯青，野店鸡号，旅枕梦残。渐月华收练，
⊙○○○　○⊙○⊙　⊙○○△　●○○⊙●

晨霜耿耿，云山摛锦，朝露漙漙。世路无穷，劳生有
⊙○⊙●　⊙○⊙●　○●○△　●●○○　⊙○⊙

限，似此区区长鲜欢。微吟罢，凭征鞍无语，往事千
●　⊙●⊙○⊙⊙△　⊙○●　⊙○○⊙●　⊙●○

端。　　当时共客长安，似二陆、初来俱少年。有笔
△　　　⊙○⊙●○△　⊙⊙●　⊙○⊙●△　●⊙

头千字，胸中万卷，致君尧舜，此事何难。用舍由时，
○⊙●　⊙○⊙●　◎○⊙●　◎●○○

行藏在我，袖手何妨闲处看。身长健，但优游卒岁，
⊙○⊙●　◎●○○⊙●△　⊙⊙●　●⊙○●●

且斗尊前。
◎●○△

近代词例：吕碧城《沁园春·游匡庐》

如此仙源，只在人间，幽居自深。听苍松万壑，
⊙○○○　◎○○⊙　⊙○○△　●○○⊙●

无风成籁；岚烟四锁，不雨常阴。曲栏流虹，危楼耸
⊙○○●　⊙○⊙●　●●○△　●●○○　⊙○○

玉，时见惊鸿倩影凭。良宵静，更微闻风吹，飞度泠
●　◎●○○●△　　○⊙●　◎○○⊙●　　⊙●●
泠。　　浮生能几登临？且收拾、烟萝入苦吟。任幽
△　　　⊙○○●○△　●○●　○○●○△　●◎
踪来往，谁宾谁主；闲云缥缈，无古无今。黄鹤难招，
○●●　○○○●　○○●●　○●○△　○●○○
软红犹恋，回首人天总不禁。空惆怅，证前因何许，
⊙○⊙●　◎●○○●●△　○⊙●　⊙○○⊙●
欲叩山灵。
◎●○△

现代词例：毛泽东《沁园春·雪》

北国风光，千里冰封，万里雪飘。望长城内外，
⊙○○○　◎○⊙●　◎○○△　●○○⊙●
惟余莽莽；大河上下，顿失滔滔。山舞银蛇，原驰蜡
⊙○◎●　⊙○●●　●●○△　○●○○　○○●
象，欲与天公试比高。须晴日，看红妆素裹，分外妖
●　◎●○○●○△　⊙○●　○◎●●　◎●○
娆。　　江山如此多娇，引无数、英雄竞折腰。惜秦
△　　　⊙○⊙●○△　◎◎●　⊙○●●△　●◎
皇汉武，略输文采；唐宗宋祖，稍逊风骚。一代天骄，
○⊙●　⊙○●●　◎○●●　◎●○△　△○○○
成吉思汗，只识弯弓射大雕。俱往矣，数风流人物，
⊙○○●　◎●○○●●△　⊙●●　●⊙○○●
还看今朝。
◎●○△

昆山词例：《沁园春·龙源庙①》

千里乘芳，漫步龙源，缅怀古踪。看莺啼鹊跃，山披翡翠；松青柏绿，水载葱茏。麋鹿群奔，游鱼戏逐，似锦繁花醉意浓。朦胧里，见氤氲迷霭，疑入天宫。　　高堂碑匾重重，引历代、君王竞赐封。表闾山弟子，斩蛇伏怪；婵娟少女，救难除凶。百世香传，万民齐祀，分庙横铺五省中。然今日，问神姑安在？剑讨妖风。

一四三、小梅花（114）

双调一百一十四字，前后阕各十三句，五仄韵、六平韵。

古代词例：贺铸

缚虎手，悬河口，车如鸡栖马如狗。白纶巾，扑
◎◎▲　○⊙▲　⊙○○⊙◎○▲　●○△　●
黄尘，不知我辈，可是蓬蒿人。衰兰送客咸阳道，天
○△　◎⊙●○　◎◎○○▲　⊙
若有情天亦老。作雷颠，不论钱，谁问旗亭，美酒斗
●●○○▲　◎△　●○▲　●○○○　○○●
十千。酌大斗，更为寿，青鬓常青古无有。笑嫣然，
○△　◎△　◎⊙▲　◎○○○⊙○▲　●○△
舞翩翩，当垆秦女，十五语如弦。　　遗音能记秋风
●○△　⊙⊙○○　◎◎●○△　　　⊙○⊙●○

---

①临水宫又称龙源庙，主庙在福建古田县。后唐天成三年（公元 928 年）由闽王所建。主祀传说中的陈靖姑夫人斩蛇除妖、祈雨救民故事，其分庙遍及闽、台、浙、粤、赣诸省。

曲，事去千年犹恨促。揽流光，系扶桑，争奈愁来，
▲　◎◎◎⊙⊙◎◎▲　◎○△　●○△　○◎⊙⊙
一日却为长。
◎●●○△

近代词例：汪东《小梅花》

探天窟，凿山骨，五丁见之应愁绝。颊添豪，笔
◎◎▲　◎○▲　⊙⊙◎◎⊙○▲　●○△　●
如刀。一时狡狯，造物惊儿曹。飞鸿飘泊随迁客，泥
○△　◎⊙●◎　◎◎○○△　⊙○○●○▲　⊙
上偶然留爪迹。爪痕留，客心忧。明日西东，谁能更
●◎○○⊙▲　◎○△　◎○△　⊙◎○○　◎○●
相谋。　　春明路，旧游处，槐堂一笑携茫父。车盈
○△　　　◎○▲　◎⊙▲　⊙◎⊙◎○○▲　◎○
门，縑盈庭。声名雷动，千载传丹青。吉金嘉石还同
△　●○△　○⊙◎●　◎◎○○△　⊙○◎●◎⊙
寿，谁与姚陈同不朽。朱颜酡，君应歌。人生行乐，
▲　◎◎◎⊙⊙◎◎▲　◎○△　●○△　○◎⊙⊙
由命匪由佗。
◎●●○△

昆山词例：《小梅花·祝我国三千米钻井平台南海开钻》

　　西风烈，南天雪。礁波石浪齐鸣咽。虎狼谋，鼠狐偷。祖宗膏血，日夜遭狂抽。两沙①雾暗群魔舞，四海云腾亿民怒。架长虹，响洪钟。中华儿女，圣手亮金弓。　　龙台立，天下一。神针穿海九千尺。井

---

①两沙：中沙、南沙。

油流，霸王秋。瓜分美梦，今日应当休！蜉蝣撼树嫌身渺，黔驴技出般般丑。路遥遥，志姣姣。唐皇汉武，笑为子孙骄。

附：梅花引（57）

又名贫也乐。双调57字，前阕七句三仄韵，三平韵，后阕六句两仄韵，两平韵，一迭韵。

古代词例：贺铸
城下路，凄风露，今人犁田古人墓。岸头沙，带
○◎▲　⊙⊙▲　⊙⊙⊙◎⊙▲　○○△　◎
蒹葭，漫漫昔时，流水今人家。　　黄埃赤日长安道，
⊙△　●◎⊙⊙　○○⊙△　　⊙○○⊙⊙▲
倦客无浆马无草。开函关，闭函关，千古如何，不见
◎◎⊙⊙◎⊙▲　⊙○△　●○△　○○⊙　◎◎
一人闲。
●⊙△

昆山词例：《梅花引·新能源①赞》
南强旅，青春舞。一十九年②成大树。拥群花，走天涯，五万健儿，云集到娘家。　　鱼虾香稻西坡水，千幢新楼平地起。立潮流，驾风流。挥斥方遒，光耀展五洲。

———

①从1989年曾毓群等到东莞打拼，至2008年决定回宁德办厂共历19年。②新能源公司，现在全国各地有6个分公司（厂），其在宁德两个公司已有5万员工。产品远销全世界。

一四四、摸鱼儿（116）

又名摸鱼子、买陂塘、迈陂塘、双蕖怨等，双调一百一十六字，前阕十句六仄韵，后阕十一句七仄韵。

古代词例：辛弃疾

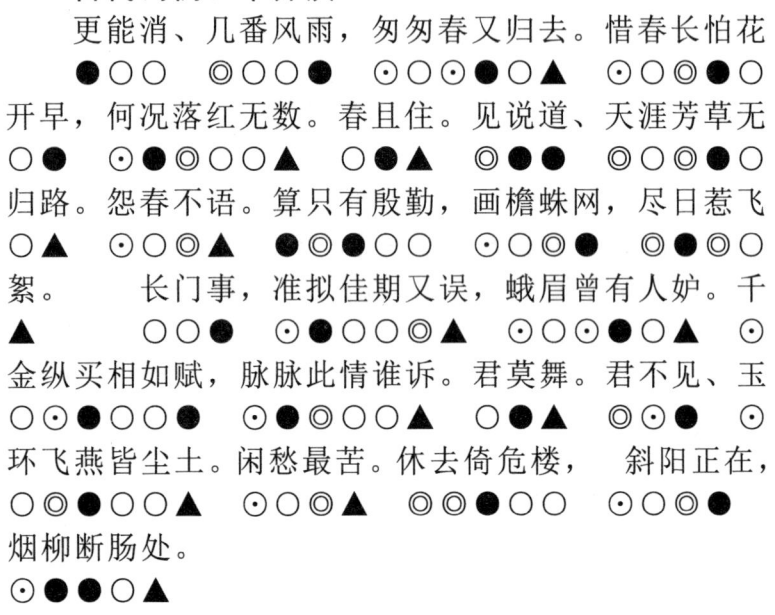

更能消、几番风雨，匆匆春又归去。惜春长怕花
●○○　◎○○●　⊙○⊙●○▲　⊙○○●○
开早，何况落红无数。春且住。见说道、天涯芳草无
○●　⊙●◎○▲　○●▲　◎●●　◎○○●
归路。怨春不语。算只有殷勤，画檐蛛网，尽日惹飞
○▲　⊙○◎▲　●◎○○　⊙○○●　◎●○
絮。　　长门事，准拟佳期又误，蛾眉曾有人妒。千
▲　　○○●　⊙●○○◎▲　⊙○⊙●○▲　⊙
金纵买相如赋，脉脉此情谁诉。君莫舞。君不见、玉
○○●○○●　⊙●◎○○▲　○●▲　◎⊙●　⊙
环飞燕皆尘土。闲愁最苦。休去倚危楼，　斜阳正在，
○◎○○▲　○○●▲　●●●○○　　⊙○●●
烟柳断肠处。
⊙●●○▲

近代词例：朱孝臧《摸鱼儿》

占城阴，颓云一角，有人持恨终古。书生满眼神
●○○　◎○●●　⊙○⊙●○▲　⊙○○●○
州泪，凄断海东烟雾。坟上土。怕有酒能浇，踏遍桥
○●　⊙●◎○○▲　○●▲　◎●●○○　◎●○
南路。英游迟汝。向笙鹤遥空，不逢骞广，心事更谁
○▲　⊙○◎▲　●◎○○　⊙○○●　◎●●○

诉？　　天难问，身世儒冠误否？凭渠笔力牛弩。铜
▲　　　○○●　⊙●○○◎▲　⊙○⊙●○▲　⊙
琶无分中兴乐，消受此生栖旅。凭吊处，腾破帽、疲
○⊙●○○●　⊙●◎○○▲　○●▲　◎○●　⊙
驴怅望千秋去。啼鹃最苦！要无主青山，有灵词客，
○○◎●○▲　⊙○◎▲　　⊙●○○　⊙○○●
来听断肠语。
⊙●●○▲

昆山词例：《摸鱼儿·黄鹤楼》

碧霞飞，大江横锁，沉沉龟隐蛇睡。烟波不老晴川树，鹦鹉雨风曾记。兴与废，看新鹤巍峨、重返潇湘地，子安归未？问沽酒辛家，何时再画，羽客笛来吹？　　神仙说，骗得骚人狂士，竞相挥墨铺美。江城五月梅花落，浪迹孤云野水。渔父魅，教红叶、林笼管乐弦歌醉。诚非当世？赞一代朝阳，雄姿英发，群把万山绘！

---

①子安：仙人黄子安，传说他尝乘黄鹤于此地。②沽酒句：传说昔辛氏沽酒为业，一先生来饮酒，画黄鹤于壁，拍手吹之，黄鹤蹁跹而舞，十年后，一月夜，先生取笛吹，画鹤飞来，先生遂跨鹤而去。③江城句：李白诗："江城五月落梅花"。④孤云野水：贾岛诗"孤云野水共依依"。⑤红叶林笼：白居易诗"红叶林笼鹦鹉洲"。

一四五、贺新郎（116）

又名金缕曲、贺新凉、乳燕飞、貂裘换酒等，双调一百一十六字，前后阕各十句，六仄韵。

古代词例：叶梦得

睡起流莺语，掩苍苔、房栊向晓，乱红无数。吹尽残花无人问，惟有垂杨自舞。渐暖霭、初回轻暑。宝扇重寻明月影，暗尘侵、上有乘鸾女。惊旧恨，镇如许。　　江南梦断衡江渚，浪黏天、蒲萄涨绿，半空烟雨。无限楼前沧波意，谁采苹花寄取。但怅望、兰舟容与。万里云帆何时到，送孤鸿、目断千山阻。谁为我，唱金缕。

近代词例：吕碧城《贺新凉·西陵》

古桧省云气。郁葱葱，觚棱焕彩，层峦拱翠。霸业而今销何处，满目苍凉无际。算一样，森严圣邸。白发残兵司香役，导游人、一径穿幽隧。螭陛冷，薜

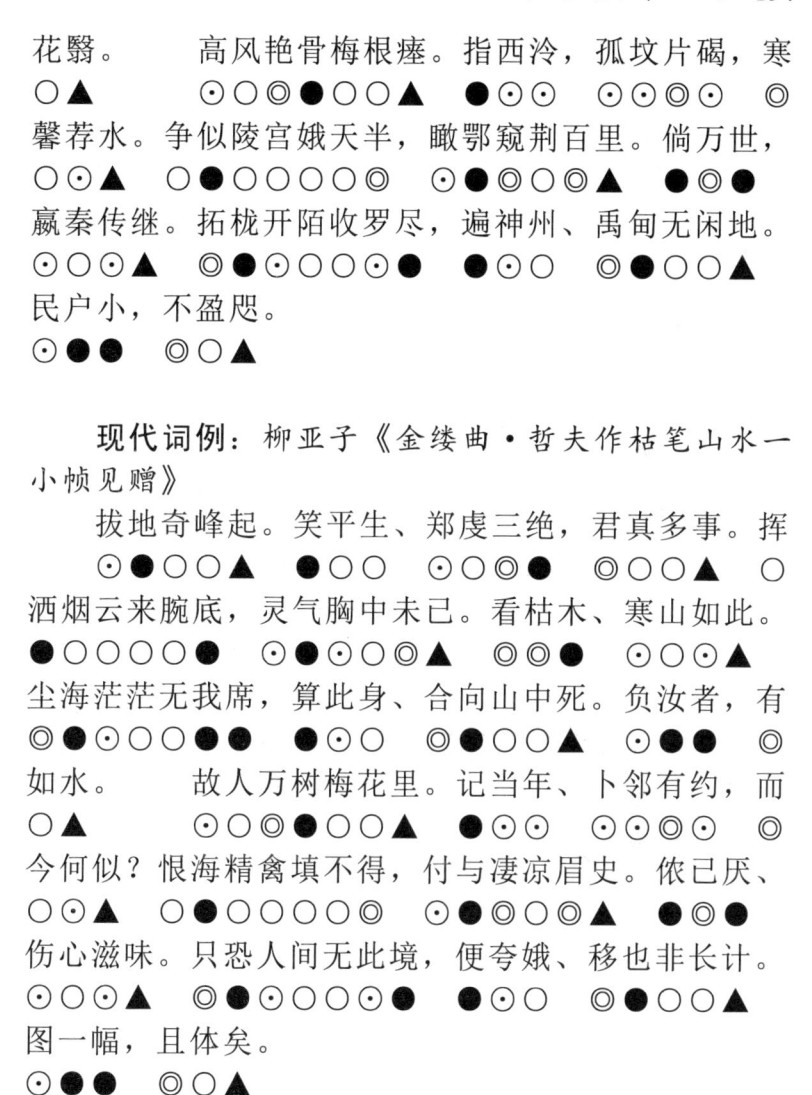

花翳。　　高风艳骨梅根瘗。指西泠，孤坟片碣，寒
〇▲　　　⊙〇◎●〇〇▲　●⊙⊙　⊙⊙◎⊙　◎
馨荐水。争似陵宫娥天半，瞰鄂窥荆百里。倘万世，
〇⊙▲　⊙●〇〇◎◎　⊙●◎〇▲　●◎●
赢秦传继。拓栊开陌收罗尽，遍神州、禹甸无闲地。
⊙〇⊙▲　◎●〇〇〇●　●⊙〇　◎●〇▲
民户小，不盈咫。
⊙●●　◎〇▲

现代词例：柳亚子《金缕曲·哲夫作枯笔山水一小帧见赠》

拔地奇峰起。笑平生、郑虔三绝，君真多事。挥
⊙●〇〇▲　●〇〇　⊙〇〇●　◎〇〇▲　〇
洒烟云来腕底，灵气胸中未已。看枯木、寒山如此。
●〇〇〇●　⊙●⊙◎▲　◎◎●　⊙〇⊙▲
尘海茫茫无我席，算此身、合向山中死。负汝者，有
◎●⊙〇〇●●　●⊙〇　◎●〇▲　⊙●●　◎
如水。　　故人万树梅花里。记当年、卜邻有约，而
〇▲　　　⊙〇◎●〇▲　●⊙〇　⊙⊙〇〇　◎
今何似？恨海精禽填不得，付与凄凉眉史。侬已厌、
〇⊙▲　⊙●〇〇〇◎　⊙●〇◎▲　●⊙⊙
伤心滋味。只恐人间无此境，便夸娥、移也非长计。
⊙〇⊙▲　◎●⊙〇〇⊙　●〇〇　◎●〇〇▲
图一幅，且体矣。
⊙●●　◎〇▲

昆山词例：《贺新郎·黄土岭之战①》

烽火神州路，想当年，山河喋血，海空嚙诉。烧杀掠三光荼毒，投下漫天恐怖。谁敢斗、东洋强虏？晋察冀儿郎怒发，斩凶顽再写英雄谱。惊宇宙，盖今古。　　运筹聂帅千钧杵。置长钩，洞开罗瓮，令豺狼顾。雁宿崖前歼宪吉②，黄土岭围阿部③。直杀得，天昏地瞽。"名将之花"调谢落，太行山将佐长眠土。四岛哭④，九州舞。

一四六、兰陵王（130）

三阕一百三十字，前阕十一句七仄韵，中阕八句五仄韵，后阕十句六仄韵。

古代词例：周邦彦

柳阴直，烟里丝丝弄碧。隋堤上，曾见几番，拂
◎○▲　⊙●○●●▲　○○●　○●●　◎
水飘绵送行色。登临望故国。谁惜，京华倦客，长亭
●○⊙●●▲　⊙○●◎▲　○▲　○○●▲　○○
路，年去岁来，应折柔条过千尺，闲寻旧踪迹。又酒
●　⊙●●○　⊙●○○●○●　○○●○▲　●◎
趁哀弦，灯照离席，梨花榆火催寒食。　　愁一箭风
●○⊙　⊙●○▲　⊙○○●○○▲　　⊙◎◎⊙

---

①黄土岭之战是1939年11月八路军在太行山北峡谷歼灭日军精锐主力——独立混成第二旅团的一场出色战斗。②宪吉：迁村宪吉，日军大佐。③阿部：即阿部规秀，日军中将旅团长，号称"名将之花"。④四岛哭：阿部毙命后，日帝都下半旗致哀。

长调（90字以上） 199

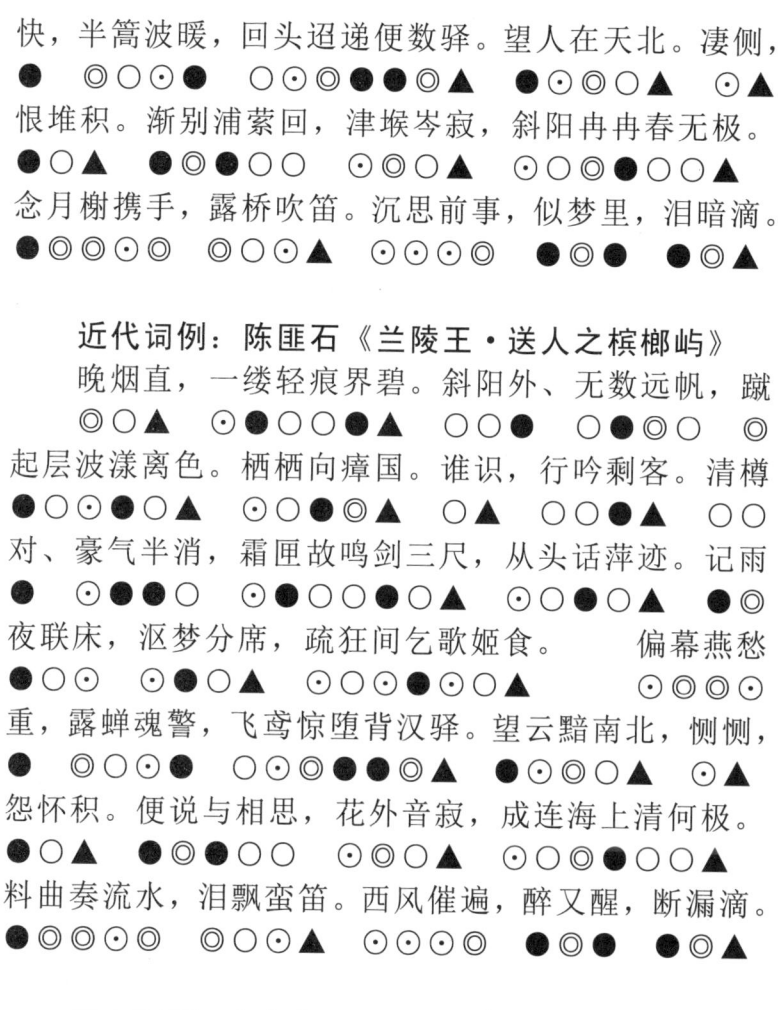

快，半篙波暖，回头迢递便数驿。望人在天北。凄侧，
● ◎○⊙● ○○⊙◎●◎▲ ●⊙◎○▲ ⊙▲
恨堆积。渐别浦萦回，津堠岑寂，斜阳冉冉春无极。
●○▲ ●◎●○○ ⊙◎○▲ ⊙○○○▲
念月榭携手，露桥吹笛。沉思前事，似梦里，泪暗滴。
●◎◎○ ●◎⊙▲ ○○⊙⊙ ●⊙● ●◎▲

近代词例：陈匪石《兰陵王·送人之槟榔屿》
晚烟直，一缕轻痕界碧。斜阳外、无数远帆，蹴
◎○▲ ⊙●○○●▲ ○○● ○⊙○○ ◎
起层波漾离色。栖栖向瘴国。谁识，行吟剩客。清樽
●○⊙○●▲ ○○⊙●▲ ○▲ ⊙○●▲ ○○
对、豪气半消，霜匣鸣剑三尺，从头话萍迹。记雨
● ○⊙●○ ○●○●○▲ ○○⊙○▲ ●◎
夜联床，沤梦分席，疏狂间乞歌姬食。　　偏幕燕愁
●○○ ●●○▲ ○○⊙⊙⊙○▲ ⊙○○⊙
重，露蝉魂警，飞鸢惊堕背汉驿。望云黯南北，恻恻
○ ◎○○● ○○⊙●●◎▲ ●⊙◎○▲ ⊙▲
怨怀积。便说与相思，花外音寂，成连海上清何极。
●○▲ ●◎●○ ⊙◎○▲ ⊙○○●○○▲
料曲奏流水，泪飘蛮笛。西风催遍，醉又醒，断漏滴。
●◎◎⊙○ ○○⊙▲ ○⊙⊙○ ●○● ●◎▲

昆山词例：《兰陵王·性奴女》
性奴女，倾尽人间万苦。青春泪，长洒军营，黑
了东亚共荣府。笑声乐强旅。囹圄，汤熬火煮。饱遭
那，吸血哨腥，多少花凋异乡土。　　恶行震寰宇。
是阴界鬼魅，人世狼虎。獸军过处三光布。玩杀人取
乐，强奸逗趣。狼心狗肺蝎蛇肚。地老乾坤怒。　　默

武,入坟墓。恨军国儿孙,祖魂阴附。为污行百般遮护。力阻联合国,申遗入簿。一盘臭史,丑百代,骂千古。

一四七、多丽(139)

又名绿头鸭,双调一百三十九字,前阕十四句六平韵,后阕十二句五平韵。

古代词例:晁端礼

晚云收,淡天一片琉璃。烂银盘、来从海底,皓
●○○　●○○◎●△　●○○　⊙○○●　◎
色千里澄辉。莹无尘、素娥淡伫,静可数、丹桂参差。
◎⊙●○△　○●○　◎○◎●　●○●　○●○△
玉露初零,金风未凛,一年无似此佳时。向坐久、疏
◎●○○　○○●●　⊙○○●●○△　●○●　○
星时度,乌鹊正南飞。瑶台冷,阑干凭暖,欲下迟迟。
○○●　○●●○△　○○●　○○⊙●　◎●○△

念佳人、音尘隔后,对此应解相思。最关情、漏
●○○　○○●●　●●○●○△　●○○　●
声正永,暗断肠、花阴潜移。料得来宵,清光未减,
○●●　●●○　○○○△　◎●○○　○○●●
阴晴天气又争知。共凝恋、如今别后,还是隔年期。
⊙○○●●○△　◎○●　○○●●　○●●○△
人总健,清尊素月,长愿相随。
○⊙●　⊙⊙○●　●○○△

近代词例：吴梅《多丽·秦淮秋集》

水云乡，不知何事凄凉。看长川、明灯子夜，依然旧日秋光。羽衣宽，歌翻湘月，银屏护、鬓惹天香。柔橹冲波，幽花媚客，几年湖海送清狂。问佳丽、淡烟轻粉，蝶怨板桥霜。谁知得、白头孤旅，犹近欢场。

笑楼台、西风换尽，故园莺燕谁忙？汜人归、早捐汉佩，词仙老、还办吴航。尘墨题襟，翠樽话雨，紫荑重对内家妆。荡客思、古怀零乱，烟柳锁斜阳。愁无托，醉携鸥鹭，共听沧浪。

昆山词例：《多丽·嫦娥思故乡——为建国六十周年而作》

历沧桑，黄龙又起东方！望长城，游人似织，重展华夏辉煌！赞江南，厂都棋布；喜塞北，遍地膏粱。百媚千娇，中华制造，正烧红万国商场。六十载，斩荆披棘，故梓尽新妆。盘今古，国荣民乐，远胜虞唐[1]！

忆当年，华人比狗[2]，父老何等心伤！党为民，

---

[1]虞唐：虞舜、唐尧。[2]华人比狗：指解放前上海外滩公园挂"华人与狗不得入内"牌子。

抛头洒血；民共党，除虎驱狼！星弹升空，核潜入海，列强谁敢再嚣张？马列路，山重水复，迎果熟花香！期来岁，神舟访月，伴我还乡。

一四八、六州歌头（143）

双调一百四十三字，前后阕各十九句八平韵。

古代词例：张孝祥

长淮望断，关塞莽然平。征尘暗，霜风劲，悄边
〇〇●●　◎●●〇△　〇〇●　〇〇●　●〇
声，黯销凝。追想当年事，殆天数，非人力，洙泗上，
△　●〇△　◎●〇〇●　●〇●　〇〇●　〇●●
弦歌地，亦膻腥。隔水毡乡，落日牛羊下，区脱纵横。
〇〇●　●〇△　◎●〇〇　●●〇〇●　〇●●〇
看名王宵猎，骑火一川明，笳鼓悲鸣，遣人惊。　　念
●〇〇〇●　〇●●〇△　〇●〇△　●〇△　　●
腰间箭，匣中剑，空埃蠹，竟何成！时易失，心徒壮，
〇〇●　●〇●　〇〇●　●〇△　〇●●　〇〇●
岁将零。渺神京，千羽方怀远，静烽燧，且休兵。冠
●〇△　●〇△　〇●〇〇●　●〇●　●〇△　〇
盖使，纷驰骛，若为情？闻道中原遗老，常南望、翠
◎●　〇〇●　●〇△　〇●〇〇〇●　〇〇●　●
葆霓旌。使行人到此，忠愤气填膺，有泪如倾。
●〇△　●〇〇●　●●●〇△　◎●〇△

长调（90字以上） 203

近代词例：吴梅《六州歌头·过淮张故宫》

棠花落尽，春老丽娃乡。西亭外，重凝望，小城
〇〇〇●　⊙●●〇△　〇〇●　〇〇●　●〇
荒，步崇冈。还记齐云事，上元节，张灯乐，诗酒夜，
△　●〇△　◎●〇●△　◎〇△　〇〇●　〇●●
笙歌地，盛冠裳。日冷梧台，王气东吴墨，怀古苍凉。
〇⊙●　●〇△　●●〇〇　◎●〇〇●　⊙●〇△
况甘泉传火，翠瓦碎鸳鸯。如过维扬，吊雷塘。　叹
●⊙〇〇●　●●●〇△　⊙〇〇△　●〇△　　●
桐香馆，惠芳院，身尘土，志冰霜。雄业去，三宫殉，
〇〇●　◎〇●　〇〇●　●〇△　◎●●　〇〇●
七姬亡，费思量。芳草红心遍，问何处，玉棺藏。谁
●〇△　●〇△　〇●〇〇●　◎⊙●　●〇△　〇
霸主，谁天子，总黄梁。回首金陵椒殿，沧禾黍、一
◎●　〇〇●　●〇△　⊙〇〇〇●●　⊙〇●　◎
例沧桑。但年年七月，犹爇六街香，苦念君王。
●〇△　●⊙〇●●　⊙●●〇△　◎●〇△

昆山词例：《六州歌头·儿时梦》

连天星斗，恍惚绕身飞。拖茅剑，骑竹马，玩青梅，捉藏迷。赏月西楼下，喜眉画。龙灯点，弦管吹，人似醉，景如诗。又听爹娘，吟木兰当户，形影依稀。举头闻萧鼓，低首听晨鸡。方觉戏嬉，是儿时。　叹年犹健，心已疲，情未熄，鬓垂丝。观沧海，闻兴替，石难移，路岖崎。缚虎南山上，问凶险，有谁知。桃与李，羞无语，下成蹊。每见长江急水、追前浪、世事如棋。看鹤山今日，喜松柏巍巍，杨柳依依。

一四九、宝鼎现（157）

三阕一百五十七字，前阕九句四仄韵，后两阕各八句，五仄韵。

古代词例：康与之

夕阳西下，暮霭红隘，香风罗绮。乘夜景、华灯
◎○⊙●　●●○◎　○○○▲　●●　○○
争放，浓焰烧空连锦砌。睹皓月、浸严城如画，花影
○●　○●○○○●▲　○◎●　●○○⊙●　○⊙
寒笼绛蕊。渐掩映、芙蕖万顷，迤逦齐开秋水。　　太
○○●▲　⊙⊙○●　⊙○○○▲　　●
守无限行歌意，拥麾幢、光动金翠。倾万井、歌台舞
●⊙●○○▲　●○○　⊙○○▲　●○○　○○◎
榭，瞻望朱轮骈鼓吹。控宝马、耀貔貅千骑，银烛交
●　○○○○○●▲　●◎●　●○○○●　⊙○○
光数里。似烂簇、寒星万点，引入蓬壶影里。　　来
○●▲　●●●　○○●●　◎●○○○▲　　○
伴宴阁多才，环艳粉、瑶簪珠履。恐看看、丹诏归春，
●●●○○　○●●　○○○▲　●○○　○○○○
宸游燕侍。便趁早、占通宵醉，莫放笙歌起。任画角、
○○●▲　●●●　●○○●　●●○○▲　●●●
吹老寒梅，月落西楼十二。
⊙◎○○　◎○●●○▲

昆山词例：《宝鼎现·白马风光》

悬空腾立，水接天连，山浮云绕。观东海、波汹

涛涌,千朵虹霞临水照。眺西岳、百峦如尖剑,轻雾清岚袅袅。恍若是、琼宫仙国,人在云中飘渺。　　苦雨凄风当年罩,野茫茫、蓬蒿蔓道。炊烟断、家家灶冷,多少英豪沉百草。凛霜夜、愤将瘟神逐,赢得寒坳不老。五十年、青山绿水,依旧红花啼鸟。　　沧海又复桑田,茶小树、迎来春晓。赞宁川、名士高吟,新科技巧。令仙茗、地传天造,冠取中华俏。教古今、阳春白雪,长随白马人笑。

一五〇、莺啼序（240）

四阕二百四十字,第一阕八句四仄韵,第二阕十句四仄韵,第三阕十四句四仄韵,第四阕十四句五仄韵。

古代词例：吴文英

残寒正欺病酒,掩沉香绣户。燕来晚、飞入西城,似说春事迟暮。画船载、清明过却,晴烟冉冉吴宫树。念羁情,游荡随风,化为轻絮。　　十载西湖,傍柳系马,趁娇尘软露。溯红渐、招入仙溪,锦儿偷寄幽素。倚银屏、春宽梦窄,断红湿、歌纨金缕。暝堤空,轻把斜阳,总还鸥鹭。　　幽兰旋老,杜若还生,水

乡尚寄旅。别后访、六桥无信，事往花萎，瘗玉埋香，
几番风雨。长波妒盼，遥山羞黛，渔灯分影春江宿，
记当时、短楫桃根渡。青楼仿佛，临分败壁题诗，泪
墨惨淡尘土。　危亭望极，草色天涯，叹鬓侵半苎。
暗点检、离痕欢唾。尚染鲛绡，弹凤迷归，破鸾慵舞。
殷勤待写，书中长恨，蓝霞辽海沉过雁，漫相思、弹
入哀筝柱。伤心千里江南，怨曲重招，断魂在否。

近代词例：朱孝臧《莺啼序》

轻阴傍楼易暝，带春云步绮。画栏绕、冻柳初黉，
暗结沉恨天际。细禽唤、年光冉冉，荒波荡晚疑无霁。
殢离人、肠断斜阳，絮点飘坠。　十载东华，对酒
念往，信孤根自倚。镜中路、窥熟西池，楚吟流怨红
翠。赋深情、兰荃绣笔，泪花迸、铜仙铅水。惯伤春，
蝶悄莺沉，梦醒何世。　刘郎老去，咫尺蓬山，倦

长调（90字以上） 207

数旧游美。天外紧、东风一信，绛蕊颠倒，缥缈鹃声，
⊙◎◎▲　◎●●　⊙◎●●　⊙◎◎●　●●○○
误人归事。银河夜挽，珠宫晨叩，香笺飞出迥鸾篆，
●⊙⊙▲　○○◎●　○◎○●　⊙○●○◎●
悄冥冥、海阔星垂地。情丝怨极，长宵雾阁云窗，顿
●○○　●⊙○◎▲　○○●●　⊙○●●○○　◎
抛乱红媭纬。　　横汾旧曲，采石新吟，料画轮正迟。
○●○◎▲　　⊙○◎●　◎●○○　●●◎◎▲
怕点检、炉熏花外。笛谱梅边，酒醒觚棱，凤城十二。
●◎●　⊙○○▲　●●○○　⊙○◎○　◎⊙⊙▲
东门帐饮，西台车马，江湖头白回望处，惜芳菲、须
○○●●　○○○●　○○○⊙○◎●　⊙○○　⊙
掩伤高袂。白鸥去矣难驯，燕幕孤栖，荡魂万里。
●○○▲　⊙○⊙⊙○○　◎●○○　●○○▲

昆山词例：《莺啼序·重读岳飞"满江红"》

栖霞旧松老竹，见冲冠怒发①。莫须有、千古奇冤，怒起天下豪杰。快刀捅、秦奸国贼②，铜锤击烂无辜铁③。恨难酬，三十功名，八千云月。　　汜水冲关，一箭定夺，敌酋魂胆裂④。伐刘豫，兵取襄阳，偏安逃帝宫穴⑤。破浮图，刀穿拐马，取朱镇⑥，风驰

①栖霞句：栖霞岭，杭州西湖岳坟地，旧松老竹：岳飞词《小重山》有"白首为功名，旧山松竹老"。②快刀句：岳飞被害后，义士施全曾拦轿刺杀秦桧，未遂身殉。③无辜铁：指西湖岳像前的秦桧、王氏、张俊、万俟卨四个铸像。④汜水冲关句：指岳飞率领五百骑冲入敌阵一箭射死金军主将，攻占汜水关。⑤伐刘豫句：金兵南下，宋军溃败，高宗一度东逃入海，后岳飞收复襄阳六郡，消灭金傀儡刘豫，安定了南宋东南一隅。⑥朱镇：朱仙镇。

电拔①。励诸君,同饮黄龙,贺兰山缺。　　中兴众将,议复山河,震翻和议牒。暗室里,帝奸携手,敌贼同谋,十载军功,一朝全没。严刑迫供,栽脏诬陷,昏君无道权奸恶。泣风波,父子还仙阙。瑶筝曲断,西湖有幸青山②,长眠一代忠骨。　　神州千载,沧海横流,总把英雄说。数不尽,忠肝涂地,义胆惊天,马革沉沙,满江红血。如今竟有,苍蝇文丑③,嗡嗡磨墨伸秃笔。美奸邪,无耻千人挞。英雄永镇乾坤,日月长悬,海川共谒。

---

①破浮图句:铁浮图和拐子马是金兀术一支精锐骑兵,曾所向无敌,为岳飞所破。②瑶筝句:《小重山》词有"欲将心事付瑶筝,知音少,弦断有谁听。"③苍蝇文丑:指近年有人试图为秦桧翻案事。

附：词人简介

（以词人生卒年排序）

1、**吴绮**（1619～1694），清代词人，字园次，一字丰南，号绮园，又号听翁，江都（今江苏扬州）人。顺治十一年（1645）贡生、荐授弘文院中书舍人，升兵部主事、武选司员外郎。又任湖州知府，以多风力，尚风节，饶风雅，时人称之为"三风太守"。后失官，再未出仕。主要作品《林蕙堂集》26卷。

2、**朱彝尊**（1629～1709），清代诗人、词人、学者、藏书家。字锡鬯，号竹垞，又号驱芳，晚号小长芦钓鱼师，又号金风亭长。汉族，秀水（今浙江嘉兴市）人。康熙十八年（1679）举博学鸿词科，除检讨，二十二年（1683）入直南书房。曾参加纂修《明史》，博通经史，诗与王士祯称南北两大宗。作词风格清丽，为浙西词派创始者，与陈维崧并称朱陈。精于金石文史，购藏古籍图书不遗余力，为清初著名藏书家之一。

3、**徐釚**（1636～1708），清代词人。字电发，号虹亭、鞠庄、拙存，晚号枫江渔父。吴江（今属江苏苏州）人。康熙十八年（1679）召试博学鸿词，授翰林院检讨，入史馆纂修明史。因忤权贵，二十五年归里后，东入浙闽，历江右，三至南粤，一至中州。游历所至与名流雅士相题咏。康熙皇帝南巡，两次赐御书，诏原官起用，不肯就。卒年七十三。

4、沉岸登（1650～1702），字覃九，号南渟，一字黑蝶，号惰耕村叟，浙江平湖人。工诗词，善书画，有三绝之目。与沈昆齐名，人称"二沉"。与朱彝尊、李良年等唱和，为"浙西六家"之一。着有《黑蝶斋诗钞》、《黑蝶斋词》、《古今体词韵》等。

5、纳兰性德（1655～1685），叶赫那拉氏，字容若，号楞伽山人，满洲正黄旗人，清朝初年词人，自幼饱读诗书，文武兼修，十七岁入国子监，十八岁考中举人，次年成为贡士。康熙十五年（1676年）考中第二甲第七名，赐进士出身。纳兰性德曾拜徐干学为师。他于两年中主持编纂了一部儒学汇编《通志堂经解》，深受康熙皇帝赏识。于康熙二十四年（1685年）溘然而逝，年仅三十岁。纳兰性德的词以"真"取胜，写景逼真传神，词风"清丽婉约，哀感顽艳，格高韵远，独具特色"。着有《通志堂集》、《侧帽集》、《饮水词》等。

6、张惠言（1761～1802），清代词人、散文家。原名一鸣，字皋文，一作皋闻，号茗柯，武进（今江苏常州）人。干隆二十六年生，嘉庆七年六月十二日卒。干隆五十一年举人，嘉庆四年进士，官编修。少为词赋，深于易学，与惠栋、焦循一同被后世称为"干嘉易学三大家"。又尝辑《词选》，为常州词派之开山，着有《茗柯文编》。

7、邓廷桢（1776-1846），字维周，又字嶰筠，晚号妙吉祥室老人、刚木老人。汉族，南京人。祖籍苏州洞庭西山明月湾。清代官吏，民族英雄。嘉庆六年进士，工书法、擅诗文、授编修，官至云贵、闽浙、两广总督,与林则徐协力查禁鸦片,击退英舰挑衅。后调闽浙,坐在粤办理不善戍伊犁。释还,迁至陕西巡抚。有《石砚斋诗抄》等多部著作传世。南京市有"邓廷桢墓"可供瞻仰、凭吊。

8、周之琦(1782~1862),字稚圭,号退庵。河南祥符人。嘉庆十三年进士,由翰林院编修,官刑部右侍郎、广西巡抚。周之琦工词,浑融深厚,瓣香北宋,有《金梁梦月词》二卷,《怀梦词》二卷,《鸿雪词》二卷,《退庵词》一卷,总名《心日斋词》传于世。

9、林则徐(1785~1850),福建省侯官(今福州市区)人,字符抚,又字少穆、石麟,晚号俟村老人、俟村退叟、七十二峰退叟、瓶泉居士、栎社散人等,是清朝时期的政治家、思想家和诗人,官至一品,曾任湖广总督、陕甘总督和云贵总督,两次受命钦差大臣;因其主张严禁鸦片,在中国有"民族英雄"之誉。

10、顾太清(1799~1876),女,名春,字梅仙。原姓西林觉罗氏,满洲镶蓝旗人。嫁为贝勒奕绘的侧福晋。她为现代文学界公认为"清代第一女词人"。晚年以道号"云槎外史"之名著作小说《红楼梦影》,成为中国小说史上第一位女性小说家。其文采见识,非同凡响,因而八旗论词,有"男中成容若(纳兰性德),女中太清春(顾太清)"之语。

11、黄燮清(1805~1864),原名宪清,字韵甫,号韵珊,又号吟香诗舫主人。海盐武原镇人,清道光十五年举人,官湖北松滋知县,怡情山水,以诗词自娱,在武原镇修葺拙宜园,改晴云楼为倚晴楼,又购得砚园,自号两园主人。着有《倚晴楼诗集》12卷,《倚晴楼诗续集》4卷,《倚晴楼诗馀》4卷,存词220余阕,《国朝词综续编》24卷,《倚晴楼七种曲》等。

12、沈善宝（1808～1862），女，字湘佩，号西湖散人，钱塘人。江西义宁州判学琳女，咸丰时吏部郎中武凌云继室。九岁时全家随父沈学琳离钱塘赴江西义宁。十二岁其父猝然逝世，家宦囊如洗，其以诗画润笔所入，奉母噁弟，母弟妹相继故去，道光十七年北上入京，十七年后随夫赴晋。同治元年辞世，享年五十五岁。其幼秉家学，工于诗词，著述甚丰，有《鸿雪楼诗选初集》、《鸿雪楼词》及《名媛诗话》传世。

13、谭献（1832～1901），近代词人、学者。原名廷献，一作献纶，字仲修，号复堂、半厂、仲仪（又署谭仪）、山桑宦、非见斋、化书堂。浙江仁和（今杭州市）人。谭献的词，内容多抒写士大夫文人的情趣。由于强调"寄托"，风格过于含蓄隐曲。但文词隽秀，琅琅可诵，尤以小令为长。着有《复堂类集》，包括文、诗、词、日记等。另有《复堂诗续》、《复堂文续》、《复堂日记补录》。词集《复堂词》，录词104阕。

14、王闿运（1833～1916），晚清经学家、文学家。字壬秋，又字壬父，号湘绮，世称湘绮先生。咸丰二年（1852）举人，曾任肃顺家庭教师，后入曾国藩幕府。1880年入川，主持成都尊经书院。后主讲于长沙思贤讲舍、衡州船山书院、南昌高等学堂。授翰林院检讨，加侍书衔。辛亥革命后任清史馆馆长。着有《湘绮楼诗集、文集、日记》等。

15、王鹏运（1849～1904），晚清官员、词人。字佑遐，一字幼霞，中年自号半塘老人，又号鹜翁，晚年号半塘僧鹜。广西临桂（今桂林）人，原籍山阴（今浙江绍兴）。同治九年举人，光绪间官至礼科给事中，在谏垣十年，上疏数十，皆关政要。二十八年离京，至扬州主学堂，卒于苏州。工词，与况周颐、朱孝臧、郑文焯合称"清末四大家",鹏运居首。著有《味梨词》、《鹜翁词》等集,后删定为《半塘定稿》。王鹏运曾汇刻《花间集》及宋、元诸家词为《四印斋所刻词》。

16、沈曾植(1850~1922),浙江嘉兴人。字子培,号巽斋,别号乙盦,晚号寐叟,晚称巽斋老人、东轩居士,又自号逊斋居士、瘿禅、寐翁、姚埭老民、乙龛、余斋、轩、持卿、乙、李乡农、城西睡庵老人、乙僧、乙厽、睡翁、东轩支离叟等。他博古通今,学贯中西,以"硕学通儒"蜚振中外,誉称"中国大儒"。

17、文廷式(1856~1904),字道希、芸阁,号纯常子、罗霄山人等,江西省萍乡市城花庙前(今属安源区八一街)人,生于广东潮州,成长于官宦家庭,为陈澧入室弟子。中国近代著名爱国诗人、词家、学者,在甲午战争时期主战反和,并积极致力于维新变法运动,是晚清政治斗争中的关键人物之一。

18、郑文焯(1856~1918),晚清官员、词人。字俊臣,号小坡,又号叔问,晚号鹤、鹤公、鹤翁、鹤道人,别署冷红词客,奉天铁岭(今属辽宁)人,隶正黄旗汉军籍,而托为郑康成裔,自称高密郑氏。光绪举人,曾任内阁中书,后旅居苏州。工诗词,通音律,擅书画,懂医道,长于金石古器之鉴,而以词人著称于世,其词多表现对清王朝覆灭的悲痛,所著有《大鹤山房全集》。

19、朱孝臧(1857~1931),一名祖谋,字古微,号沤尹,又号疆村,浙江归安人。光绪九年(1883)进士,历官编修、侍讲学士、礼部侍郎。出为广东学政,因与总督龃龉,辞官,游览名山大川,吟咏自遣,后卒于上海。

20、况周颐(1859~1926),晚清官员、词人。原

名况周仪。字夔笙，一字揆孙，别号玉梅词人、玉梅词隐，晚号蕙风词隐，人称况古，况古人，室名兰云梦楼，西庐等。广西临桂（今桂林）人，原籍湖南宝庆。光绪五年（1879）乡试举人。一生致力于词，凡五十年，尤精于词论。与王鹏运、朱孝臧、郑文焯合称"清末四大家"。着有《蕙风词》、《蕙风词话》。

21、谭嗣同（1865～1898），字复生，号壮飞，湖南浏阳人，中国近代著名政治家、思想家，维新派人士。其所着的《仁学》，是维新派的第一部哲学著作，也是中国近代思想史中的重要著作。谭嗣同早年曾在家乡湖南倡办时务学堂、南学会等，主办《湘报》，又倡导开矿山、修铁路，宣传变法维新，推行新政。公元1898年（光绪二十四年）谭嗣同参加领导戊戌变法，失败后被杀，年仅33岁，为"戊戌六君子"之一。

22、刘毓盘（1867～1927），字子庚，号椒禽。刘履芬子。清光绪二十三年拔贡，授云阳知县。

23、赵熙（1867～1948），字尧生、号香宋，四川荣县人。蜀中五老七贤之一；世称"晚清第一词人"。一生作诗3000余首，倡印《香宋诗前集》上下册，录诗1300余首。出版《香宋诗钞》，录诗500首。《香宋词》313首。书法秀逸挺拔，融诸家为一体，时人称"荣县赵字"。偶亦作画，喜山水小品，颇富诗情。

24、陈洵（1871～1942），字述叔，别号海绡，是广东江门市潮连芝山人少有才思，聪慧非凡，尤好填词。光绪间曾补南海县学生员。后客游江西十余年，返回广州之后为童子师，设馆于广州西关，以舌耕糊口，生活穷窘。辛亥（1911年）革命后，受到新潮流的影响，思想有所变化，是年在广州加入南国诗社。晚岁教授广州中山大学。洵生性孤峭，少与顺德黄节善，并称"陈词黄诗"。

25、**张尔田**（1874～1945），一名采田，字孟劬，号遁庵、遁庵居士，又号许村樵人，杭县（今浙江杭州）人。近代历史学家、词人。出身于官宦世家，早年有文名，曾中举人，官刑部主事、知县、候补知府。1914年清史馆成立，参与撰写《清史稿》，主撰乐志，前后达七年。

26、**秋瑾**（1875～1907），女，中国女权和女学思想的倡导者，近代民主革命志士。第一批为推翻满清政权和数千年封建统治而牺牲的革命先驱，为辛亥革命做出了巨大贡献；提倡女权女学，为妇女解放运动的发展起到了巨大的推动作用。1907年7月15日凌晨，就义于绍兴轩亭口，年仅32岁。

27、**高旭**（1877～1925），字天梅、号剑公，别字慧云、钝剑，江苏金山（今上海金山）人，中国近代诗人、同盟会领袖之一、南社创始人之一。他早年倾向维新变法，后来转向支持革命，与陈去病、柳亚子等创立南社。

28、**王国维**（1877～1927），字伯隅、静安，号观堂、永观，汉族，浙江海宁盐官镇人。清末秀才。我国近现代在文学、美学、史学、哲学、古文字学、考古学等各方面成就卓著的学术巨子，国学大师。

29、**吕碧城**（1883～1943），女，行名贤锡，后更名碧城，一名兰清，字遁夫，号明因，后改号圣因，晚号宝莲居士，法号曼智。安徽旌德人，清末民初著名女词人。她在诗词创作方面有着极高的天赋和才华。尤擅填词，造诣深厚，被称为"近三百年来最后一位女词人"。传世著作有《吕碧城集》、《信芳集》、《晓珠词》、《雪绘词》、《香光小录》等。

30、陈匪石（1883～1959），原名世宜，号小树，又号倦鹤。江宁人。早年就读尊经书院，曾随张次珊学词。入同盟会。又随朱祖谋研究词学，并入南社，编《七襄》刊物。据传译有《最后一课》（郑逸梅《南社丛谈》）。历任上海各报记者、中国大学、华北大学、中央大学教授，1952 年任上海市文物保管委员会编纂。着有《旧时月色斋诗》、《倦鹤近体乐府》、《宋词举》、《声执》。加诗稿书影、手迹。

31、吴梅（1884～1939），字瞿安，号霜厓，江苏长洲（今苏州）人。现代戏曲理论家和教育家，诗词曲作家。吴梅在文学上有多方面成就，在戏曲创作、研究与教学方面成就尤为突出，被誉为"近代著、度、演、藏各色俱全之曲学大师"。

32、马叙伦（1885～1970），现代学者、书法家，中国民主促进会（民进）的主要缔造人和首位中央主席，。字彝初，更字夷初，号石翁，寒香，晚号石屋老人。汉族，浙江杭县（今杭州）人。1949 年任政务院文化教育委员会副主任，中央人民政府教育部部长、高等教育部部长等职。

33、柳亚子（1887～1958），江苏省苏州市吴江区黎里镇人，出生于大胜村的港上港南中段。创办并主持南社。曾任孙中山总统府秘书，中国国民党中央监察委员、上海通志馆馆长。"四一二"政变后，被通缉，逃往日本。1928 年回国，进行反蒋活动。抗日战争时期，与宋庆龄、何香凝等从事抗日民主活动，曾任中国国民党革命委员会中央常务委员兼监察委员会主席、三民主义同志联合会中央常务理事，中国民主同盟中央执行委员。1949 年，出席中国人民政治协商会议第一届全体会议。建国后，柳亚子曾历任中央人民政府委员、全国人大常委会委员。

　　34、**汪东**（1890～1963），著名文学家、书法家。原名东宝，后改名东，字旭初，号寄庵，别号寄生、梦秋。能铁血也能风雅的革命者。早年追随孙中山先生，从事反对帝制、宣传民主革命为活动，参加过辛亥革命。曾任《大共和日报》总编辑、中央大学文学院院长等职。

　　35、**毛泽东**（1893～1976），字润之，笔名子任。湖南湘潭人。中国共产党、中国人民解放军、中华人民共和国的主要缔造者，中国各族人民的伟大领袖，伟大的马克思主义者，无产阶级革命家、战略家、理论家，近代以来中国伟大的爱国者和民族英雄，是领导中国人民彻底改变自己命运和国家面貌的一代伟人。诗人，书法家。

　　36、**顾随**（1897～1960），本名顾宝随，字羡季，笔名苦水，别号驼庵，河北清河县人。中国韵文、散文作家，理论批评家，美学鉴赏家，讲授艺术家，禅学家，书法家，文化学术研着专家。

　　37、**叶剑英**（1897～1986），原名叶宜伟，字沧白。广东省梅县人。1917年入云南讲武堂。曾参与筹建黄埔军校，任教授部副主任。1927年12月率领所部教导团参加广州起义，参加了长征，历任华北军政大学校长，中国人民解放军总参谋长，建国后，历任广东军区司令员，中南军区代司令员，中共中央中南局代书记。1955年被授予元帅军衔，1975年任国防部部长。1978年3月当选为第五届全国人大常委会委员长。

　　38、**唐圭璋**（1901～1990），字季特，汉族，生于南京。终其一生，专治词学。1949年前曾任中央大学、金陵大学中文系教授。建国后历任南京大学、东北师范大学中文系教授，南京师范大学中文系教授。编着有《全宋词》、《全金元词》、《词话丛编》、《宋词鉴赏辞典》等，着有《宋词三百首笺注》、《南唐二主词汇笺》、《宋词四考》、《元人小令格律》、《词苑丛谈校》、《宋词纪事》、《词学论丛》等。

39、詹安泰（1902~1967），广东省潮州市饶平县新丰人，著名古典文学学者，文学史家和书法艺术家。民盟成员。一生从事古典文学研究和教学，发表了几十篇中国古典文学研究论文，尤其精于诗词的研究、创作。他的词学专着有独特创新见解，在词坛有较大影响，日本学者有"南詹北夏，一代词宗"的评誉。

40、黄咏雩（1902-1975），广东南海盐步横江村人。集商人、诗词人、教育家于一身，"商业救国、教育兴邦"是其一生的理想，他的诗词名扬岭南，创办的学校福荫后世。南海人的评价是"文着南粤、德养后人"。廖仲恺先生亲发国民政府嘉奖令，称为"爱国殷商"。更有"南海诗人"的美誉。

主要参考文献：

《钦定词谱》（清）王奕清等编著，中国书店，2009.10版；《唐宋词格律》龙榆生编撰，上海古籍出版社，2005.9版；《历代词萃》张樟选编，河南人民出版社，1983.4版；《清八大名家词集》（清）陈维崧等著，岳麓书社，1992.7版；《唐五代词三百首今译》弓保安著，陕西人民出版社，1996.3版；《清词三百首今译》弓保安著，陕西人民出版社，1992.6版；《全宋词鉴赏辞典》贺新辉主编，中国妇女出版社，2004.8版；《中国词史》黄拔荆编，福建人民出版社，2003.5版；《元明清词一百首》黄拔荆选注，上海古籍出版社，1988.2版；《中华当代词海》丁芒主编，中央文献出版社，2003.5版；《毛主席诗词》人民文学出版社，1966.11版。

编 后 记

　　词，是中国光辉灿烂的文学遗产之一。起源于隋唐，至今已有千年之久。晚唐五代后，逐渐成熟。当时因中原混乱，在偏安的南唐，西蜀两地曾一度独出现填词热。两宋后进入极盛期，元、明两代衰落，到清朝又重新复兴；清代所出现的词人、作品均不亚于唐宗。清初万树首作《词律》二十卷，康熙皇帝令吏部尚书陈廷敬，翰林院学士王奕清等二十多人，以此为基础，纠正错漏，予以增订。因该书为康熙所钦定，故名《钦定词谱》，共八百二十六词牌，两千三百零六体。该词谱公布后，清及近代词家均据此填词。

　　改革开放后，龙榆生先生编撰的《唐宋词格律》刊行，共列举一百八十四个常用词律，极大地方便了词者。不过因其中相当部份词律格调仍严谨，可平可仄字句少、初学者填起来还感到有些难。

　　为便于初学者在两千多个词律的茫茫大海中，容易找到适合自己感情的词律填词，本人特从《钦定词谱》和《唐宋词格律》等主要词书中选取、收集和整理、核对，编成了这本《古今常用词律》，其中罗列了古代词律一百五十调（加上因平仄韵更易、变种，实列了一百六十四例），还加上《钦定词谱》公布前的清代作者二十例和公布后的近代作者词一百二十四例，现代作者词二十一例；并配上本人创作的昆山词一百五十九例，总共四百八十八例。其选均系古今词家们最常用、且格律比较宽松、合理，规模在四十字以上的词律（四十字以下词牌，文字过少，炼字炼句集中严紧，初学者不容易表达好，本篇没有选入）。

　　诗词是言志之作，古代词人中有所谓豪放派、婉约派之分。由于时代的局限，在风调雨顺、国泰民安日子里，出现的词人大多为婉约派。他们往往沉迷于儿女之情，醉心于吟风弄月；但其中也不乏因仕途坎坷、穷困潦倒的失意者，接近社会底层，了解民间疾苦，从而创作了许多脍炙人口的田园佳作。而当异族入侵，国难当头，兵荒马乱年月，许多忧国忧民志士，拔剑高歌，奔赴沙场，这时候，豪放派词人便大量产生，发出许多慷慨激昂之声作品。不过婉约派词人中，也有一些人，如李清照、李煜等，因后半生的颠沛流离、沉沦潦倒，自然也有不少悲壮动人之作，流传千古，脍炙古今。

　　一首词怎么下笔，选什么样的词牌、词律合适，首先要看你确立的主题，是出于褒扬、歌颂、抒怀之作？还是沉吟、申诉、悲愤之述。一般说来，豪放派词人，作词多飘逸豪放，所选词牌，常是格调高昂、声情激壮的，如《满江红》、《念奴娇》、《贺新郎》、《水调歌头》等；婉约派词人作词则多清婉绚丽，常多选委婉，缠绵的声调，如《满庭芳》、《雨霖铃》、《声声慢》等。建议初学者多选用词格律平仄相对宽松、且可平可仄字句多的，如《西江月》、《临江仙》、《风入松》、《破阵子》、《少年游》等；而少用那些句子短急，格律较为严谨，或文词过多的长调词律，如《定风波》、《宝鼎现》、《莺啼序》等词牌。总之，要通过认真比对，选择声情与自己所要表达的情感相切合的腔调，选择出最适宜于表达题意和句子内容的词调，使之达到声情与文情一致、声词相从、声文并茂。对词牌的选用，建议采用先宽后严，先简后繁，先平后仄的方法，即先选平仄格律相对宽松的，字数相对少一些（40—80字以内）的平韵词牌来填写，以后逐步扩大过渡。

如何填好一首词，对初学者有如下建议：

一、填词须先立意。

也就是确立主题，确立写词的主旨所在；即你想说明什么？描写什么？歌颂什么？批驳什么？事先要确立清楚，主题是词的主脉，灵魂。主题定下来后，有了中心方向，才能围绕着它来动笔。对于所叙述对象，必须具有真实感知、充分理解和深刻情感。必须出于真情，只有情真，才会味浓，才能写出脍炙人口作品。无病呻吟，勉强凑合起来的作品，往往形瘦影淡、无声无色。情真意浓之际，下笔就如涌泉奔泻，佳句、好句奔腾而出，跃然纸上，生动感人。生硬拼凑起来句子，往往令人读之枯燥晦涩，味同嚼蜡。

二、词的题材选取。

诗词产生起于农耕时代，词作起源于隋末唐初；由于生产力的局限，当年人们最大企望，只是安居乐业、丰衣足食。而当今世界处于科学技术高速发展，各方面发展日新月异，我国即将全面进入小康社会；我们的祖国已经结束了百年屈辱的日子，正处在"一日千里"的民族复兴时期，当今的词人，应当以奋发蓬勃，斗志昂扬的姿态来迎接、歌颂这崭新时代。当然，我们高瞻远瞩，看到阳光灿烂的一面，也要警惕地看到还有阴云缠绕的一面；我们的祖国还潜伏着诸多不稳定因素，周围还有不少狼豺虎豹张牙舞爪地对着我们；我们的社会还有阴暗的角落和丑恶现象。诗词者的责任，就是要颂扬正气，呼唤起广大民众为光辉事业奋斗，同时也要鞭挞落后，揭露腐败和丑恶，促进社会前进。男女情爱是人民生活中不可或缺的部份，爱情诗词自古以来是诗词重要组成部份，是广大群众喜爱的内容，自然也应该写、可以写；但在我们这个时代，可不宜将其当作诗词创作主体题材，让年轻一代人离开现实，沉醉在风花雪月、红裙翠袖环境中，"夜夜笙歌妙舞，朝朝我我卿卿"，整天念念不忘的是男欢女爱；陶醉的是灯红酒绿、纸醉金迷的糜烂生活；对当今蓬勃发展的科学技术，残酷的国际竞争环境和周围的日新月异变革视而不见，忘掉了自己的天责。这就辜负了诗词作者的时代责任，是危险、可怕的。在当今时代，"落后挨打，腐败亡国"，是明摆的现实，是中华民族百年来血的教训！诗词是文化的重要部份，是民族的灵魂；文化教育关系到新一代人的健康成长走向，也关系国家民族兴衰存亡的大事。柳永作为古代优秀词作者，对词的发展，曾立下不朽功勋，出现在那样环境和年代，也有他客观局限和进步之处，如果今天的年轻人拿他当崇拜榜样，去学他，不闻不问国家大事，钟情于秦楼楚馆，专注离愁别恨，为儿女情事沾巾，关闭在风花雪月的楼阁里面，不知冬夏春秋。那就不可取了，尤其是初学填词者，特别须引以为戒。

三、对传统格律的运用。

与诗相比，词长短不一，更具音乐性。经过千年的传承、发展和锤炼，原有词牌 2000 多体，我们这里只选择了格律相对宽松、且为历代词人所常用的 150 例。词调是严格的，调有定句，句有定字，字有定音，填词者都必须认真遵守。

现在有人认为词牌固定字、定句太严紧，防碍思想自由发挥和表达，提出要突破原有框架，加以增减；更有人提出要自创新词谱？窃以为这些词牌，经过前人多方锤练、修改，都已形成有规律的声韵结构，读起来朗朗上口，铿锵有力，各种词调可以分别表达一定的情感节奏。不同的词牌俱有不同结构，填词者可供选择余地很大，足够供不同需要的人们挑选。中国文字可塑性又很大，同义异音用词很多，平仄音义的调整，不见得很难。初学者虽一时不习惯，经过一定时期锤炼，自能得心应手。如果填词者不愿遵守原定格律，自行一套，随意加以更改，乱成一气，那就失去词律的名称和含义，不成其律。传统词牌也就失去价值和意义、失去存在空间，渐渐等同于打油诗和顺口溜，那还有什么传统意义可言？千年百代词家们的辛苦耕耘获得的瑰宝将毁于我们这一代！

坚守传统格律，但不等于坚持一成不变，千百年来，词律经历代词家们不断的锤炼和修改，在不断完美、修正中，成就了今天的词谱。如何对待传统诗词格律，诗坛上近有"求正容变"提法很好，可供词者参考。我以为："求正"——就是保持各词牌的独有体裁，遵守定句、定字、定音、定韵的规定；"容变"——容许对个别字句的平仄有所调整。诗词之美在于骨，而不在格，词的平仄是为适应节奏、音乐美而存在的，相比之下，词意更为重要。形式要为内容服务，应把意趣列为第一位，不能因辞害意。应允许形式服从于内容的出律，填词时由于平仄限定，遇到奇词妙句无法入框，而又不能找到适当文字来取代表达词意的，应容许突破。对于意新、情真、味厚而语言又生动畅达者，虽偶有失律，亦应列为好词。词的四字句、五字句、六字句和七字句中的一、三、五字，一般可平可仄者为多，适当放宽，其对音律影响也不会太大。

不过，近来我发现一些词作者在介绍词律时，每把《钦定词谱》中比较严谨的一、三、五字，自行改为可平可仄，并作为词例，加以推广。此举固然有利于填词者的造句选择，且也不太影响音节之美；然而对流传千年的词律肆意更改，势必要造成混乱，使之失去传统意义。总之，填词时适当放宽、突破是允许的，随意修改原定格律并加以推广，是不可取的。

从本编所举词例看，除个别清初作者外，近代及当代著名诗词家，其作品都遵照《钦定词谱》传统格律认真严格地填写，例如毛泽东同志对传统诗词格律认真地遵守，是我们学习的典范。

清初作者因其作品写在《钦定词谱》出台之前，有些词的平仄、字数，与《钦定词谱》偶有出入。

宁德新能源董事长曾毓群博士，率领着五万之众国际知名的大型企业，引导着世界新能源汽车大潮流，在激烈竞争环境、日理万机的忙碌之中，为本书写了序言；福建省诗词学会陈银珠理事，百忙之中为本书写了前言；老同学王政先生耄耋之年，也顶着炎炎烈日下笔疾书，为本书写引添彩。编辑过程中，亦承杨东先生、陈晓华女士予以大力协助，为此，在这里特表示衷心感谢。

因编辑匆忙，谬误难免，不到之处，还请宽宥。

昆　山
2018 年 10 月 1 日

图书在版编目（CIP）数据

古今常用词律 / 昆山编著. -- 北京：中国书籍出版社, 2018.12
ISBN 978-7-5068-7180-8

Ⅰ. ①古… Ⅱ. ①昆… Ⅲ. ①词律－研究－中国 Ⅳ. ①I207.23

中国版本图书馆 CIP 数据核字(2018)第 282803 号

古今常用词律
昆山 编著

责任编辑	李国永　张脉峰
责任印制	孙马飞　马 芝
封面设计	梦 龙
出版发行	中国书籍出版社
地　　址	北京市丰台区三路居路 97 号（邮编：100006）
电　　话	（010）52257143（总编室）　（010）52257140（发行部）
电子邮箱	eo@chinabp.com.cn
经　　销	全国新华书店
印　　刷	济南精致印务有限公司
开　　本	710 毫米×1000 毫米　1/32
字　　数	80 千字
印　　张	8
版　　次	2018 年 12 月第 1 版　2018 年 12 月第 1 次印刷
书　　号	ISBN 978-7-5068-7180-8
定　　价	36.00 元

版权所有　翻印必究